超級巨星、經濟學

艾雲豪 著

推薦序一

　　很高興可以為艾雲豪兄的新書寫序言，艾兄善於用經濟學，去解釋體育運動的現象和賽果，而且文章不只引用文獻，也引用很多數據，言之有物。體育經濟學是經濟學的一門分支，也有專業的學術期刊，但香港專攻體育經濟學的學者少之又少，我和其他同學偶爾也會用經濟學去解釋一些體育現象，但都是個別案例。艾兄對體育經濟學的認識，比香港任何大學經濟學教授都有過之而無不及，如果看過艾兄著作的同行也應會認同我這評語。艾兄這本著作是一部不可多得的經濟學與體育界現象的集成，不只適合學過經濟學或喜歡體育的人，一般人讀過後也會趣味盎然，我極力推薦給大家。

香港中文大學劉佐德全球經濟及金融研究所常務所長
南京大學兼任教授
莊太量

推薦序二

很佩服艾雲豪豐富的想像力，他能夠把兩個自己有興趣的範疇——體育和經濟——連繫起來。

我有幸拜讀了他另一本結合足球和金融的著作——《誰偷走了紅魔》。相信一眾曼聯迷一定感受到，現今足球和其他運動已愈趨商業化，一間球會的規模比得上甚至超越一所跨國企業，成功不只是要勝出比賽，更要在全球化的市場佔一席位。

各種職業運動亦愈來愈科學化，着重數據統計和分析。現代足球收集的數據亦不再局限於兩隊控球比率和射門次數，個人數據如個別球員的走動距離，甚至心率變動也有儀器即時量度。職業運動當中的學問，真的要集各學科的大成才能透徹理解。

希望各位讀者和我一樣期待這場艾雲豪編導的「諾貝爾巨星隊」表演賽吧！

香港中文大學商學院金融學系副教授
蔡達銘

(Choi, Darwin and Hui, Sam K., 2014, The Role of Surprise: Understanding Overreaction and Underreaction to Unanticipated Events using In-Play Soccer Betting Market, Journal of Economic Behavior and Organization 107, 614-629.)

前言

　　本書將以經濟學的視角，將超級巨星、運氣和技藝，逐格分析，從連場大戰和王者之路中，道出許多有趣、有用、部分還有點黑暗的故事。

1　超級巨星，除了「絕代雙驕」美斯和C朗拿度外，還有名宿比利、佐治貝斯，是真有其人，也有《甜心先生》的足球經紀。我們不錯將以足球明星為主（畢竟是最熱門的運動），但亦有籃球（姚明和高比·拜仁）、網球（費達拿）和高球（老虎活士）等的天皇巨星。最後，本書引述的資料，除了文字和數字紀錄外，尚有多齣電影和流行音樂。

2　這裏將以足球或運動作為場景，透視背後的行為邏輯；看這本「波經」就要戴上一對特製眼鏡。因此，在道出第二部分的超級巨星方程式之前，我們先要看看工匠大師們是怎樣把「架生」煉製出來。為此我們將雲遊瑞典，到皇家學院裏拜訪那支沒有官網的「諾貝爾巨星隊」，向腳下功夫和心法已臻化境的諾獎經濟學和文學大師取經，觀摩在他們的炮製下，英超、美足、高球，甚至日足等是如何創造奇蹟。

3 本書可視為當《賣桔者言》遇上 *Soccernomics*（《足球經濟學》）和 *Freakonomics*（《怪誕經濟學》[1]）。張教授「閑話家常」地解説夜市賣桔的故事，家傳戶曉；《金融時報》作家 Simon Kuper 和經濟學家 Stefan Szymanski 就以經濟學的工具，分析足球戰況和背後的故事；（當年）年青學者 Steven Levitt 和記者 Stephen Dubner 的合作，寫出生活中許多稀奇古怪的故事。我們所使用的功夫，雖離不開諾獎學人的工具，但我們的場景，是大家一看就明的龍門、禁區和草坪。

4 本書是結合諾獎「大咖」的文獻、八卦新聞和個人經驗總結而成的雜談，雖然有些符號和非典型的用語，但最終還是要把被加密過的訊息，從講人話的角度出發解密和揭咒，讓讀者可以像在瀏覽網站和博客留言一樣，輕鬆地與超級巨星和諾獎大師聊天。

那些密語是我尚在木人巷時修煉的，之後大部分已還給了太師父，為了這次寫作，得重新洗刷。這對讀者有何意義？正是以前學過但又忘了，就像張三豐教太極劍，太師父有道要把招式邊學邊忘掉，原來「忘記」也是學問的一部分。弟子從清空的倉庫出發，遇上迷途折返，最後才幸運地走到這裏，當中感激各路有心人和明報出版社的加持。這過程有助去蕪存菁，能沉澱下來的，是經歷了想讀者之所想，困其所困，最後才解其所要解。

當然，太師父武功博大精深，在下棱角未除，不足之處，敬請原諒，並予以指正為荷。

1　*Freakonomics* 又譯作《蘋果橘子經濟學》。

目錄

第1部分　諾貝爾足球

第 2 部分　巨星的運氣和技藝

第 1 部分

諾貝爾
足球

緒言

　　這部分將帶大家欣賞由諾貝爾皇家學院[1]派出的「諾獎巨星隊」，讓大家一睹眾人的風采。

　　一馬當先打前鋒的，是將英超喻為球壇之（矽）谷的克魯曼（Paul Krugman、2008 年諾貝爾經濟學獎得主）；和在球隊買新秀時喊「Show me your money」、論美足有否「犯錯」的泰萊（Richard Thaler，2017）；及從心理戰的角度出發的，寫高球巨星活士「怕輸」的卡尼曼（Daniel Kahneman，2002）——而泰萊和卡尼曼更是近年席捲心理學、經濟學、金融學的「行為科學」的指揮官。

　　接棒的兩位是「文人」，分別是以足球暴動來寫經濟巨變下「文明的衝突」的大江健三郎（Kenzaburo Oe，

1　每年 6 個諾貝爾獎乃由 5 個機構頒發，這裏為行文簡便，統一歸在負責兩個大獎的 Royal Swedish Academy of Sciences 的名下。

1994），和以無厘頭／Mindf*ck 手法寫「焦慮的守門員」、奧地利裔德語作家漢德克（Peter Handke，2019）。後者以文學角度寫守門員的博弈來結束其故事，並帶出巨星隊一支「遊戲人間」的分隊：雖然說是「遊戲」，卻絕不兒嬉，其實是 2020 年諾獎得主所屬的博弈論，學院向來對此派系另眼相看，從 1994 年的約翰・納殊（John Nash）（電影《有你終生美麗》的原型）起計，前後有 11 位以上的經濟學人獲「正選資格」，可以分拆來打世界盃。

本部分的「尾陣」，由獲獎後第一時間回國觀看足球賽事的印度裔經濟學家班納吉（Abhijit Banerjee），和他的妻子法國人迪弗洛（Esther Duflo，夫婦兩人同在 2019 年獲獎）鎮守，兩人以美斯等超級巨星飛升的工資，助我們引入第二部分巨星贏家通吃的新常態。

好了，馬上帶大家瀏覽這前所未有、只此一家，從來沒有官網的「諾貝爾巨星隊」。

英超是
足壇矽谷

自 18 世紀英國學者亞當・史密夫（Adam Smith）、大衛・李嘉圖（David Ricardo）等古典經濟學者的研究開始，國際貿易、各地競爭優勢、全球化、分工外判和規模經濟效益等，至今日仍是政治經濟學、經濟學、國際金融的主要領域之一。想不到二、三百年後，美國人保羅・克魯曼（Paul Krugman）仍可有新想法。克魯曼還憑藉對國際貿易的規模經濟效益、產品差異化和壟斷性競爭的研究，被譽為「新貿易經濟學」和「新經濟地理學」的代表，在 2008 年獲得諾貝爾經濟學獎。[1]

2018 年，克魯曼在由他所主筆、已更新至第 11 版的《國際經濟學：理論和政策》中，在他賴以成名的絕學〈規模經濟效益、地理經濟學〉篇章裏，還以英超雄霸國際體

1　本篇和下一篇參考資料：Krugman et al (2018)，Royal Swedish Academy of Sciences (13 October 2008)，Brakman & Garretsen (January 2009)，和 Krist (2013)。

壇、成為全球最受歡迎的足球以至體育賽事，作為他的主場
景，一顯他的腳法。

一個美國的諾獎大師，不講美式足球和美職 NBA，卻
跑來看英超，豈不怪哉？[2]

克魯曼別樹一幟地對國際貿易的規模經濟效益
（Economy of Scale），尤其是地理上的一些條件和偶然的因
素，透過國際分工、交易競爭，製造出一些獨特的結果——
一個一個的行業集成地（Industrial Clusters）。在其他專家
的筆下，這些集成地，遠的有 18 世紀英國盛產餐具的錫菲
市（Sheffield）和絲襪的諾咸頓市（Northampton），近的有
金融城紐約和科創之都矽谷。然而，克魯曼別出心裁地認為
英超的空前成功，有如科創業之於矽谷，也是一系列的經
濟地理元素所致。英超之所以成功，並自 1992 年創立至今
成為一個有高度保護壁壘、對外有強大擴張力的體壇／足壇
盛宴，主要是因為英超具有「外部規模經濟效益」（External
Economy of Scale）。

規模經濟效益一般是指當某產業愈做愈大的時候，由
於投入和產出在變動中差分的變化，做成產出的變化大於投

2　這裏不是說教授 1979、1980 和 1991 年三篇獲獎作，是以英超作例子（英
　　超是在 1992 年才啟動的），而是說克魯曼採用英超作為解釋和演繹他的
　　重要研究。

入的變化，換句話說，愈大愈有效益——這與完全競爭狀態底下愈做得多平均效益愈低，剛好相反。「外部」的規模經濟效益，是說這個效益是以一個行業，甚至是一個地區之內整個產業鏈為單位，而不是以一間公司的規模大小而定的效益，後者另外稱為「內部規模經濟效益」。

⚽ 絕殺技：供應鏈和勞動力

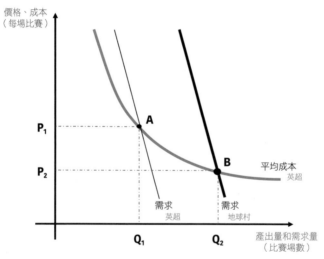

英超因為行銷全球，有外部規模經濟效益，單位產出成本下降，很有競爭力。

來源：作者製圖，啟發自 Krugman 2018[3]

以英超作為「外部規模經濟效益」的代言人，是因為英超具備該效益三個條件中的兩條。第一，英超有專業化的供應鏈。正如加州矽谷聚集了各式各樣、大大小小的高科技公司，有適用於整個生態的供應鏈，英超源自 1870 年以來

3　本圖和 19 頁圖中地球村、英超與港超的價格 P 與數量 Q 皆想像出來的。

已經發展了百餘年的英式足球傳統，在當地的產業鏈上涉紳士下及工農、北抵蘇格蘭高地南達英法海峽，且分工極為仔細，包括電台電視轉播的無孔不入、報章雜誌等媒體鋪天蓋地的評論和狗仔隊的跟蹤、足球訓練學校和星探獵頭公司不斷的造血和炒作、各式各樣的商業贊助和周邊產品、專業而昂貴的法律顧問和師爺、酒吧和投注站亦正亦邪的推波助瀾，這樣的一套供應鏈，恰如其分地為英超打造一幅極高的競爭壁壘，其他地區的球壇難以模仿。

第二，英超有一個勞動力多元，且集中的勞務市場。一如矽谷因為行業的集中，令高科技公司在用人和高技術高學歷的勞工在找工作，兩者同時有高度的彈性和優勢。英超在這方面的優勢亦不遑多讓，球員固然是來自英倫三島的精英，而自 95 年以來更是來自歐洲大陸掘金者最主要的一個目的地，現在更是南美、非洲和亞洲球星夢寐以求、揚名立萬的英雄地。球賽的複雜性和頻密場次，令產業需要一支龐大而多元的軍隊，包括領隊、教練、軍醫、球證、公關、旁述員、攝影師、球童……勞動力需求和供應成為良性循環的一個旋渦，廣泛地吸納周邊以至全球的勞動力，去英超踢 / 執波成為全球街童的理想。

港超不敵英超的
壟斷性競爭

　　諾獎巨星克魯曼教授指英超建立起極其堅固的壁壘，
具有侵略性的「外部規模經濟效益」。然而英超的掠奪性，
還有一點也許是克教授未必體會到的；而外部效益成氣候之
後，有些還會變成壟斷性競爭，這種「不完全競爭」市場上
一把鋒利的刀刃，隨時割破擋車者單薄的手臂。

　　首先，要補充一下教授較不肯定的一個外部效益，那
就是「知識外溢」（Knowledge Spillovers）。現今知識型社會
中，一些像商業模式、營運機密、工業製造流程等知識，可
通過正式和非正式（但合法）的方式交流和傳播，從而產生
疊加效益。在矽谷，這些交流和傳播，在谷內每一個角落的
酒吧和咖啡室內出現，不分晝夜地流轉和疊加，使矽谷人常
處於產業之巔。

　　可能由於克魯曼教授自己不怎踢球，他關心英超也可

能只是從一個經濟大師的角度遠觀，所以認為英超或足球產業根本就沒有什麼專業或獨有的知識產權，可以和矽谷內的企業所擁有技術專利相比。可是，英超的局內人，卻很有可能認為他們的行頭裏有許多不為外人道的專屬知識，如各球隊在每季、甚至每周的行軍狀況（以前叫「探子」，現在叫「數據科學」）、各球會及經理人之間買賣球員的爾虞我詐、各式贊助的潛規則、操作媒體背後的炒作、近年來甚至是球會股權的買賣，和與足總的鬥智角力，均不是任何圈外人可隨便蹚的一攤渾水。

⚽ 壟斷性競爭的掠奪性

從克魯曼的角度而言，地球村內的買賣，不一定要根據傳統上的「競爭優勢」（Competitive Advantage）——如天賦異稟或技術差異——的分佈來發展，國際貿易也可以是依從單位成本不斷下降（換句話說、收益的遞增）而發展。國與國或地區與地區之間沿着規模經濟效益，有時會偶然地造成分工聚集，走出一條專業化和壟斷性競爭的路徑。矽谷便是兼具競爭優勢和外部規模經濟效益的例子，但英超，是可能較為純粹地由後者、即外部規模經濟效益所撐起的經濟集成地。

為什麼這樣說呢？因為英國足球天賦水平不足、技術

含量較為粗糙，唯有食腦！這樣説也許是有點突兀，教授較為厚道，沒有點破，「醜人」一角便由我來做。英國足球從天賦和技術所能體現的競爭優勢並不明顯，能拿到的國際級大獎，歷史上只有 1966 年的世界盃，而歐洲國家盃更是從來未曾染指，可以説，英超 1992 年啟航以來，英國本土足球的精英代表，在國際球壇上未有太多亮麗建樹，反映它的天賦和技術優勢並不顯著。

反而，由於英超公司商業模式的超前，借助外部規模效益，它作為一個產業卻創出另一番天地。足球產業，符合「壟斷性競爭」（Monopolistic Competition）這種行業生態的條件。在這種獨特的生態環境中，行業內存在着一間間「公司」（英超、西甲、德甲、巴甲⋯⋯），各公司出產一些有差異的產品，如英超的長傳急攻、西甲的小組戰術（Tiki-Taka）、德甲的機動化等。[1]

這些公司，在自己的地盤上就是一個小壟斷，如果有外來的競爭者踩入的話，長久而言，也許也會推至完全競爭、「微利」可圖的情況，但由於地球村市場幅員遼闊，市場夠大，所以這些小壟斷可遊刃在一個帶有少許競爭、卻又似乎是壟斷的環境之中，有餘地成長。當其規模大到一定程

1　當然，英超 28 年來也進步不少，不再是粗枝大葉；西甲也不是每隊都踢巴塞式的地波短傳。不過，總的而言，各地球風不一樣、各自承傳了自己的道統，這是可以説得過去的。見 Wilson（2008）。

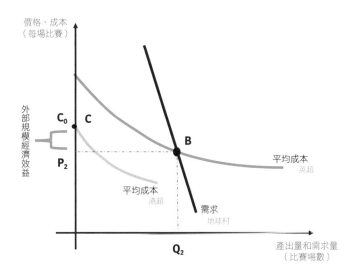

價格、成本
（每場比賽）

外部規模經濟效益

C_0 C

B

P_2

平均成本
英超

平均成本
港超

需求
地球村

Q_2

產出量和需求量
（比賽場數）

港超的平均成本，在其供應曲線上每一點都低於英超，本來可以
做點成績，但由於英超的外部效應，已經做成英超的賣價 P_2，比
港超只賣本地市場的高成本製作費 C_0 還要低，外部效益有一定的
壟斷性。

來源：作者製圖

度，在國際交易中，一些小公司（港超、泰甲）等，便很難
與之競爭，哪怕本來這些小公司的本地成本，應該是在供
應曲線上每一層的出產單位上，都較大公司（如英超）便
宜，但在今日這個歷史時點，大公司的售價（P）卻已較本
土公司的成本（C）更低（見上圖），小公司在沒有別的條
件（產業政策、突然湧現一批天才球員）下，很難突圍。

小公司（如港超）唯有局限在自己的本土市場打拼。可
是，即使是這個本土市場，也仍然會被大公司以差異化的成
本（有時高價、有時又會低價），掠奪性地進入而被逼迫！

為何蝕錢機會大，富豪仍一擲千金買球會？

近年，投資在英超、西甲和中超足球會的豪客，出手愈來愈豪，而他們行業背景，亦愈見多樣化，有地產的、有零售的；除了上市公司，也有那些神秘兮兮的賭業大亨，和從事娛樂事業的醒目商人。大家都知道投資足球會十居其九是賠本收場，那為什麼始終有商人孜孜不倦的投身怒海？

2017 年獲諾貝爾獎的經濟大師李察 · 泰萊（Richard Thaler），曾就此撰文給大家上了一門奇趣經濟學的課。[1] 這位被譽為行為經濟學之父之一的鬼才大師，原來是（美式）足球迷，竟然「跨界」地示範了一記理性與感情俱備的完美入球，為富豪們投資球會的「不當行為」（Misbehaving）作出大平反！他以球星買賣作為數據基礎，把以下行為經濟學的 5 大核心，一一羅列出來，並以足球場上發生的事例，逐點反擊：

1　本篇主要參考了 Thaler (2015) 和 Massey & Thaler (2013)。

1. 人們過於自信，高估自己的「能力」
2. 人們在預測將來的時候，太容易作出「極端值」的預測
3. 「贏家的詛咒」，高價追貨的結果往往是「執到喊三聲」[2]
4. 「共識的遐想」，誤將自己想要、想愛或認為是對的，假想為「普世價值」
5. 對「即時／現在」的偏好

⚽ 選秀名次有溢價

美式足球球會經常「不理性」高價買球員，是箇中經典例子。美式足球和美職籃球（NBA）一樣，歷來有個「選秀」（即徵招新兵，稱為 Drafting）的機制，是球會在季前招兵買馬、張羅布陣的一等一大事，有點像歐洲足球的轉會窗。不說不知，由於獨有的歷史沿革，美足選秀，天生有幾個條件是歐洲足球所沒有的，其中最重要的是，美足的協會對各球會的球員工資有個「硬預算」約束，即球會發工資設有上限，球會出資買賣球員和發工資，不會因為某個油王頭腦發熱而隨便拍板，而在硬預算之下，買了球王 A，就沒空間買球王 B 了。那為什麼仍會出現天價買球員的「不理性」行為？

---

2 「贏家的詛咒」英文原文是「Winner's Curse」。「執到喊三聲」是廣東諺語，意思是「把東西搶到了反而要哭嚎，因為那是燙手的山芋」。

　　要解答此問題，需由選秀機制入手。選秀是每隊按位置一輪一個球員地徵召，總共 7 輪，每輪有 32 個選拔位置，根據各隊上季成績而按次序舉牌競購，即上季成績差的球會今季可優先徵拔。所以，各輪中的首名（即第 1 號、33 號、65 號……193 號）舉牌名次，代表選秀權的優先次序，靠前的自然最值錢，因為持有該牌號的球會有機會在各輪中首先覓得心頭好。

　　多年下來的交易結果，市場上自自然然、客觀地產生一套數據，按數據就可畫出一條曲線，列明由第 1 名到第 224 名的選秀名次，和每個選秀權的位置價值，球會於是就可以按價買賣這些名次，而且，位置的交易還可以「跨屆」，即是說，如 A 球會無須急於今屆增補球員，它可把次序靠前的名次（如第 1 名），賣給覷覦名次的 B 球會，以換取 B 球會在下一季（或再下一季）的選秀名次。

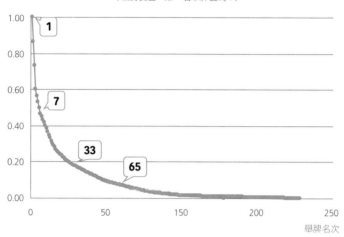

舉牌價

（相對價值，第一名舉牌值為 1）

舉牌名次

資料來源：綜合網上數據 [3]

　　如曲線圖所示，排第 1 名舉牌的價值，是當季第 7 名的兩倍、或當季第 33 名的 5 倍，亦即是説，如 B 球會想要以手上當季第 7 名的名次，換當季的首名舉牌機會的話，它要付出雙倍的價錢；另外，如 C 球會本來就有本屆的第 65 名舉牌名次的話，它可以換到 D 球會下一季第 33 名的名次（上圖不顯示跨季價值比），而該 2 個名次在同季之間的價值，足足相差 1 倍，用金融的術語來説，跨年的貼現率大約是 136%（數字是大師計算的，大意是 1 年翻 1 倍），比大耳窿的利息還厲害！換句話説，C 球會可以賺個大便宜，只要它肯忍手，就能以今屆名次較差的序號，換到來年

3　數據是現今的交易數據，乃作者「隨便」從網上找到的，並非泰萊等的原數據，不過，兩組數據大致相同。

名次大為優勝、值錢連城的序號。

好戲來了，搞球會的都是做生意的，大家一定會問，這些「溢價」（當季先後序號之差價、跨季的貼現值），到底是值得，還是不值得呢？

鬼才教授的答案卻是，絕對不值！

事實上，大部分美足球會往往願意付出那些「溢價」，不惜以高價爭奪當屆選秀權，最終「埋單」要以天價才搶到球員，是否明智的抉擇？在下一篇，再繼續看看鬼才教授怎麼說。

天價買新秀
難道有「錯」嗎？

湯告魯斯（Tom Cruise）主演的電影《甜心先生》（*Jerry Maguire*）講述美式足球員生涯的故事，當中經典對白便是「請你曬冷」（Show me the money）。這與鬼才教授李察‧泰萊以足球會買賣新秀的行為可能是一脈相承，都是點出做生意的邏輯，不一定遵從傳統經濟學「理性人」的假設，即假設人十分清楚自己的愛好和優先序，不會前後矛盾，不會作出不理性的行為。天價買球員，也許不合乎「市場」邏輯，但卻是球會和老闆孜孜不倦的指定動作，更是在行為經濟視角下有理的投資行為。

⚽ 贏家詛咒

泰萊的研究團隊，追蹤研究樣本內所有被選上的新秀球員，根據每個新秀的出場次數和表現數據，每人匹配一個具同樣表現指數（如出場次數、步速入球、每場跑動公里

等）、但屬於可自由轉會的現役球員，並以這些自由僱傭兵的市值，代表那些徵招新兵（Draft）的市值。用這個市值減去徵招新兵的真正工資成本之後，得出的就是徵招新兵對球會的「剩餘價值」（Surplus Value）。剩餘價值愈高，代表球會買得愈便宜，反之，剩餘價值愈低，即交易愈不划算。

博士一減之下，卻發現每一個由前列的選秀權名次（第 1 名至第 32 名）所買入的球員，他們對球會所貢獻的剩餘價值，都不如緊接其選秀序號後所徵招的新兵。意思是，第 1 名的剩餘價值不如第 2 名的，第 2 又不如第 3⋯⋯到第 32 名為止；前列中序號愈後的剩餘價值，比起任何一個在他前面序號的都要高。

換句話說，花錢買的選秀舉牌序號愈靠前，虧得愈大，這情況，正正是上一篇提及的行為經濟學核心 1——人們過於自信，高估自己「獨具慧眼」的能力；以及核心 2——球探在預測新秀的能力的時候，太容易作出「極端值」的預測。球會以「打崩頭」的高價爭回來的選秀權，所搶到手的球員，往往是「籮底橙（性價比低的次貨）」，是核心 3 的贏家詛咒（即高價追貨的結果往往是「執到喊三聲」）的例證。而這個現象，年復一年，長期如此，便呈現了核心 4「共識的遐想」，即誤將自己想要、想愛、或認為是對的假想為「普世價值」。至於球會選秀中的「即時快慰」（即今日

的滿足感不合比例地大於明年的），便符合了行為經濟學的
核心 5──對「即時／現在」的偏好。

舉牌（轉賣）價 vs 剩餘價值

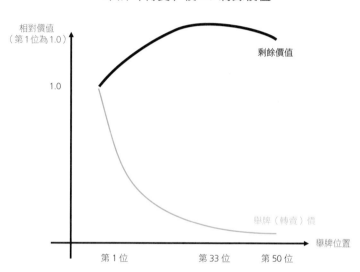

資料來源：Massey & Thaler (2013)，經作者簡化

由此引伸，自由市場的所謂「有效市場假說」──交易
價格已經反映所有能賺錢的訊息，市場不應長期存在一些未
被「搾乾」的賺錢機會──似乎站不住腳。泰萊為此曾「三
顧草廬」，三次跑到不同的球會跟主席展開試算表，把分析
結果與球會無私地分享。你猜他得個怎樣的下場？

他吃了三隻檸檬！三支球隊表面上興致勃勃，回過頭
來卻都沒有下文，有的還有反其道而行。泰萊挖苦自己說：

「我們跟球會老闆、數據分析師和財務總監，把『高賣低
買，忍時出手』，傾囊相授。可是，半年後在電視新聞中，
我看愣了，他們所做的，偏偏跟我們說的相反！」

⚽ 理與情的結合

結果出乎意料之外，卻也合乎情理之中。

經營球會的老闆和他們所僱用的職業經理人都是「聰
明人」，他們肯定是做生意的高手，不然哪有錢玩「職業足
球」這個昂貴的遊戲？那麼，為什麼泰萊的法則明明白白的
擺在眼前，卻沒有被聰明人用上呢？算式是沒有錯的，難道
錯的是人？

答案可能有點弔詭：古典經濟學的「理性人」不是做
生意的唯一標準。經營球會、買賣球員，其實和做其他生
意、投資股票一樣，不完全是以狹義的理性來推動的，理性
以外，還有許多元素。老闆因為自己的經歷和沉澱，所做的
決定自然會有一些不自覺的、下意識的偏好和喜惡；在下注
時會對各個可能性的分佈有一個潛意識的、主觀的假設；
對時光隧道（昨天、今日、將來）裏同一件事、同一個結
果，可能會給予不同的價值和風險評估。

　　現實是，沒有一隊球隊是按完美「理性人」的標準做決策，人們的決策中，充斥古典經濟學項下「錯誤的行為」。但是，為什麼稱這些為「犯錯」呢？泰萊想點出的深一層意思是，經濟和社會上各種行為和決策，不盡「完美」，其實每個人都有自己的偏好、焦點及痛點。今日的我，就不一定服從昨天的我，更何況明天的我呢？是不是「錯誤」，得看你是從想像世界，還是現實世界出發。

　　《甜心先生》結局篇的名句「You had me at "Hello"」（你說「你好嗎」時已經把我俘虜了），甜姐兒的抉擇看似簡單卻也是相當複雜的。現實是充滿表面上看來是「錯誤的決定」，任你諾獎大師如何教化都是改變不了的。天價買新秀不一定是錯。「錯」，如果是永恆，那錯還是錯嗎？

怕輸
才會贏

　　輸波，當然痛；怕輸，卻會種下勝利的苗頭，如果你有超常的發揮，甚至可贏得諾貝爾金球！

　　若看過荷李活一部以棒球為題、由男星畢彼特主演的電影《魔球》（原著小說 *Moneyball*，2003）和講 2007 金融海嘯的《沽注一擲》（原著小說 *The Big Short*，2010），相信對原著作者米高・路易斯（Michael Lewis）不會陌生。路易斯擅長將金融佚事寫得精彩而曉有寓意，他筆下偏鋒之作是《橡皮擦計劃》（*The Undoing Project*，2016），主角之一，就是把「怕輸」（Loss Aversion，或譯「損失規避」）這個心理狀態，以有趣有料的方式表達出來，並贏得 2002 年諾貝爾經濟學獎的心理學家——丹尼爾・卡尼曼（Daniel Kahneman）。[1]

1　野史一則：卡尼曼被形容為「意外的諾獎學人」，尤其他根本沒有正式上過經濟學的高班！（Tetlock & Gardner, 2015: 217）

卡尼曼的怕輸心理學，其實是近年大行其道的「行為經濟學」的基礎元素，是「前景理論」（Prospect Theory）的最核心部分。提起行為經濟學，除了李察・泰萊外，地位更重要的可能是卡尼曼。卡尼曼比泰萊早一點出道，而啟發泰萊的是卡尼曼和天才橫溢、但英年早逝的阿莫斯・特沃斯基（Amos Tversky）在 1979 年以符號和密碼寫成、後來被視為諾獎得獎作的草稿。泰萊回憶說，他看到這篇尚有筆迹的草稿時，就像挖到了金礦！這改變了泰萊的一生，也改變了整個業界，從此對人們的理性和抉擇有了不一樣的理解，也奠定了卡尼曼的殿堂級地位。

⚽ 老虎的恐懼

卡尼曼和他的徒孫們 [2]，以高爾夫賽事果嶺上推桿入洞這個最後一擊來說明，強如天下第一的老虎活士（Tiger Woods），也會因為怕輸而放棄機會，並在將輸未輸之際因「加了幾錢肉緊」，最後反而「過骨」。活士的怕輸，不僅為活士穩住一哥之位，在卡尼曼的計算中，更為活士保住過百萬美元收入，因次名每年收入較首位少了 100 萬美元或 9%，而排名第三 Jim Furyk 的收入更是少了 37%！

2　本篇和下一篇主要參考了 Kahneman (2011)、Kahneman & Tversky (1979)、Lewis (2016)、 Pope & Schweitzer (2011)、和 Thaler (2015)。關於高爾夫球手的怕輸行為，卡尼曼（2011）雖有概括性的描述，但實證的工作，乃由相信是他在任教過的加州柏克萊大學的一對徒孫 Pope 和 Schweitzer 所做的。這裏為行文簡便，統統歸到卡尼曼名下。

　　美國職業高球協會巡迴賽（PGA Tour），每個賽季都把賽事集中到數個地方，以集中對賽的方式，一輪一輪淘汰，最後勝者為王。在每一輪的對賽周之中，球手在 72 洞（4 局各 18 洞）的比賽裏，由第一次揮桿發球開始起計，務求以最少的揮桿次數來贏得該輪比賽，也就是說，單一局或單一個洞桿次的多寡，並不是最後的結果。

　　心理壓力最大的情況，自然是當高球已經落在果嶺上插着旗桿的球洞旁邊，高球手準備最後一擊的時候。此際，有幾個情景可以讓我們清楚地看到，球員在「怕輸」心理作祟的時候，打法和成績是有顯著的分別。

　　當高球已經落在果嶺上，即球手已經揮了最少一桿，[3] 知道如下一桿推桿成功，將能達至下面的其中之一個單洞的成績（見 33 頁圖）：老鷹（Eagle），比標準桿少兩桿，表示單洞成績很好；小鳥（Birdie），標準桿以下一桿；標準桿（Par），球手正常的桿次；超一桿（Bogey），比標準桿多一桿；和超兩桿（Double Bogey），標準桿以上兩桿，即成績很糟糕。[4]

3　那些萬中無一的「一桿進洞」應該可以排除在外。

4　英文 Bogey 的另一個意思是「令人恐懼的東西」。

高球的成績（損失區至得益區）

來源：作者製圖

　　研究發現這個標準桿有股奇怪的魔力，它便是行為學家所指的「參照點」（Reference Point），高球手在點上點下的打法原來會有所不同，是行為的轉捩點。標準桿是指賽會參考歷史數據，某一個洞如果給職業球員打的話，他們一般「應該」要打的桿數，是個「不錯但不是最好」的平均值，所以標準桿就是球手的心理價位，依此來計算每一桿每一個決定的得益（Gain）和損失（Loss）。在一般的情況下，球手當然希望每洞愈少桿次愈好，所以他們都會爭取在每一個洞能打出標準桿以下的小鳥或老鷹，避免超一桿和超兩桿。[5] 下一篇，我們將看看成績處於損失區時，怕輸心態如何影響高球手的行為。

5　這個參照點，也就是行為經濟學與標準經濟學之間最重要的一個分歧。標準的經濟學假定我們衡量得失時是以「最終的整體財富」來定斷，且有時敘上固定的口味（優先序）。

高球手的
快思與慢想

　　美國職業高球協會巡迴賽（PGA Tour）的對賽周，獎金收入以百萬美元計，一眾頂級和經驗老到的高球手在激烈的競爭之中，無可能會隨意揮桿。然而，丹尼爾‧卡尼曼告訴我們，強如老虎活士的揮桿往往偏離正軌，球手揮桿一刻的快思（系統 1）是自然反應和專家直覺，與深思熟慮下的慢想（系統 2），有時雖可互補長短，但更多時候卻是火星撞地球，快思打敗慢想。

　　卡尼曼的一個 2,500 萬個推桿的研究，從 239 場對賽周的比賽裏，以高精準度的雷射槍記錄高球在果嶺上的軌迹。數據採集了 5 年內 421 個職業高球手的每人最少 1,000 次推桿。研究發現，職業高球手出奇地看重「標準桿」這個「參照點」，正如專業的股票投資者也會出奇地被買入價（歷史成本）影響投資決策一樣。

　　包括活士在內的專業高球手，在標準桿以下推最後一桿時（抓老鷹或小鳥），往往會大意失荊州。相反，如果他們是在平標準桿、甚至是在打超一桿或超兩桿時，似乎更能使出渾身解數，化險為夷，減少損失。平均而言，由於怕輸的心理，在平標準桿區所推出的桿，成功進洞的機會，較在得益區（抓小鳥或老鷹）的，統計上顯著地高出約 2% 至 4%。[1]

　　為什麼會出現這麼奇怪的情況？高球對賽周的獎盃和獎金是計總成績的，跟傳統經濟學的效益函數、強調「最後的總量」（Final Wealth States）的說法，本來是相當一致。理論上，如果以總成績定輸贏，每一桿的準繩度應該不會有顯著的差異。奈何現實上，職業球手偏偏是快思主導，每一個洞都以標準桿來計算得失；現實上，贏輸的心理價位，是標準桿而不是總積分，便會出現達標之後放軟手腳，達標之前卻會使盡吃奶之力的情況，令比賽中有一些桿打得特別給力，而有些桿特別隨意。

　　另一個有趣的現象是，怕輸作祟的心理，並不局限在落後的情況，處於得益區時也會出現。球手在抓老鷹或小鳥時，會因為怕輸，而揮捍變得保守——打出的力量偏小。也就是說，職業高球手們傾向棄小鳥、保標桿、避超桿。

1　Pope & Schweitzer (2011: Table 2、Table 3)

排除所有雜音（如距離、難度等）的干擾後，該 2,500 萬個揮桿的結果，告訴我們職業高球手似乎都有個心魔（標準桿），不是以總成績來驅動每一桿的發揮。在過程中，得與失的計較並不相稱，高球手對損失看得比得益重要，所以在效益函數的曲線上，在這個轉振點左失右得的兩邊，曲線形態是不一樣的。球手害怕損失的動力，大於追求得益。換句話說，他們怕輸，避凶的動力大於趨吉，以致踏入得益區之後，球員會放鬆，傾向保守和規避風險；但當失敗迫在眉睫時，他們倒願意冒險孤注一擲，傾向提高注碼和變得願意冒險。因此曲線在左下方的損失區呈凹狀，而在右上方的得益區成凸狀，是一個 S 型（見下圖）。

S 型的心理效益凌駕成績分數

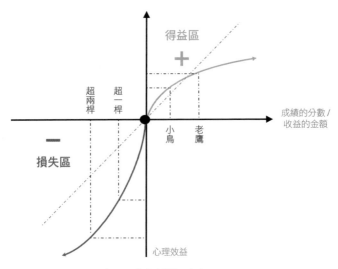

來源：作者製圖，參考 Pope and Schweitzer, 2011

⚽ 系統 1 如何打敗系統 2

三項世界紀錄保持者飛人保特（Usain Bolt），在 2008 年北京奧運 100 米決賽，以破紀錄的 9.69 秒完成，一鳴驚人。最令人驚愕的，是飛人在最後 10 米放慢手腳，開始慶祝。保特在之後的比賽，都依然有這個尾段放慢腳步的行為。保特在多次訪問中承認，他慢下來是為了留力。[2] 保特也許心目中有個參照點——贏。到點了他也就滿足和放鬆，不志在賽跑的時間紀錄。

紅魔鬼曼聯 1999 年歐聯冠軍盃決賽之役，對德國班霸拜仁慕尼黑。是役紅魔很早便大意失守，落後 1 球至 90 分鐘。紅魔鬼在補時階段，91 分鐘時，賈其餘勇冒險進攻，更以守門員作先鋒。領先的德軍這時怕輸全軍退守，紅魔搏得角球，由萬人迷碧咸開出，人馬雜沓之中，紅魔守門員舒米高飛身衝頂，把皮球撞得失去方向，最後竟然被紅魔後備前鋒舒寧咸在混亂中掃球入網，追成平手；而更奇妙的是，這股不服輸的心理，沒有因為扳平手而消退，92 分鐘，德國人延續怕輸的心理，患得患失之下，再度被打開一個缺口，紅魔娃面殺手蘇斯克查於心臟地帶，一劍封喉。[3]

2　保特在最後關頭到底是主動還是被動減速、是相對慢下來還是其實沒有慢下來等，是一眾體育科學家至今仍在爭論的話題，客觀的科學現象不是這裏討論的範圍，我們只是戴上卡尼曼的帽子講快思慢想的現象。

3　保特和紅魔鬼的案例，是我們以事後孔明的方式倒敘經過，不能算「證明」和「確認」怕輸心理和前景理論，因敘事受制於巧合和各種偏見。

損失規避，對領先者和落後方，帶來不一樣的動力。
卡尼曼的心理學，改變了人們對理性的想法，他提出的系統
1 快思打敗系統 2 慢想，也一言驚醒我們這一代曾見證保特
屢創奇蹟，卻不明白他為何一直似未盡全力；曾目睹紅魔冊
封三冠之王，卻奇怪為何它總是要置諸死地才後生……原
來，一切皆因怕輸。

萬延足球裏
「文明的衝突」

日文小說《萬延元年的足球》,[1] 寫於 1967,被認為是 1994 年諾貝爾文學獎得主大江健三郎的巔峰作之一。小說縱橫交錯,奇峰迭起,把日本由萬延的封建年代（1860）,經明治維新,至二戰後經濟起飛中的社會經濟大轉型,與日本文明是如何同化和抵銷美式資本主義的來襲,宛如一部史詩式的奇情電影,展現給讀者看。

⚽ 日本經濟大轉型

大江的文學地位已多被著書立說,這裏以故事裏豐富的經濟元素,一窺大師筆下的日本文明,如何面對經濟大轉型（Economic Transformation）的衝擊。

---

1   歷來中譯版眾多,繁體中譯版書名為《萬延元年的足球隊》,最新近的簡體中譯版名為《萬延元年的足球》(吉林大學出版社,2009),英文版名為 *Silent Cry*（1988）（*Cry*）。

以「文明的衝突」這個視角，審視經濟大轉型所引起的深層矛盾，是一個在冷戰結束、歷史曾過早地被宣布結束、和世界一度被認為是平坦的之後，由已故美國政治學大師亨廷頓（Samuel Huntington）在 1997 年提出那一石擊起千重浪的視角。日本文明（Civilization），在比較政經學中被視為是特定和不同的文明體系[2]，雖然她早年師承古漢唐文化，但歷經演變，已獨立地發展出一套與之似近還遠的體系。[3]檢視大江筆下的日本，百多年來 3 組內外的「暴動」，[4] 似乎印證了在大轉型之中以文明為界線的衝突。

⚽ 足球暴動對壘鏖戰

大江筆下有 3 場主要的衝突。1860 年的第一輪之「暴動」，是主角「阿蜜」的曾祖父和其弟（曾叔祖父）作為藩府富戶由始至終掌握和擺佈的計謀，其結束卻埋下阿蜜家一個百年的「恥辱」；而 1945 年第二輪，是原居民（包括阿

2　Huntington (1997: 45, 77, 137)，Macfarlane (2018)。這套封建制度，當時就被指與中世紀的平衡時空、同樣是島國的英式封建體系非常相似，以致有「日本是亞洲的英國」之説。Chernow (2001: 232)

3　50 年來專研中日發展史、著作如《鄧小平與中國的變革》廣受關注的美籍學者傅高義（Ezra Vogel）是這樣形容這種關係：「日中學者不錯對自己國家的歷史有外人無可比擬的了解，但當雙方走在一起時卻總無法達成共識……時至今日，中國人和日本人仍然可以輕鬆地學懂對方的書面語，並能體味到其細微之處，這是西方人不能做到的……」Vogel (2019:viii, 27)

4　本篇引號內的內容，除特別説明外主要來自《萬延元年的足球》（吉林大學出版社，2009）譯文，部分也來自 Cry 的譯文。「暴動」Cry 的翻譯是 riots（20 次）、risings（132 次）和 uprisings（1 次）。

蜜的二哥、爆眼慘死的「S哥」）和外來奴隸工之間勢均力敵的對抗。至現代1960年的第三輪，則是迷失的一代以卵擊石，挑戰美式資本不成而自取滅亡的路；是有勇無謀的青年團夥藉先發制人而以為搶到優勢，最後卻在團夥分裂和鏖戰對手的老謀深算之下，土崩瓦解，成為一個空想把家族的「恥辱」了結，其實是誤會了歷史的「真相」，使結局顯得悲愴枉然的故事。

現代的暴動，是由阿蜜的四弟「鷹四」所策動，以遵循「不要喝（酒）」這個教誨[5]的足球隊，作為正義之師。鷹四所要作出的，是一記反經濟大勢和違背法紀的暴力一擊。其導火線雖是連鎖超市逼迫鄉村小店，但背後所折射的卻是大時代的經濟大轉型。日本在二戰後的經濟起飛，以今日的話來說，就是在全球化之下，外來的美式資本主義和新興商業模式的侵略者，顛覆了原生態的平衡，是亨廷頓所指、大江筆下發生在山谷的小區和窮巷裏的「文明的衝突」。

對壘的一方，是鷹四所組織的團夥，也就是那些原居民、原（富）二、三代，這幫年青人，已經被弱化和邊緣化，成為落泊的一代。

5 　《萬延元年的足球》，第261頁。

　　他們所要挑戰的，是本來出身寒微、離鄉別井、幾十年來一直以貪婪苦力的精神向上打拼的朝鮮後裔。這幫來自南韓的外勞，[6] 戰後卻成為資本家，首領就是超市連鎖店的老闆，人稱「超市天皇」。這個只在最後的第 13 章才現身的白升基（下稱「超市白」），20 年前還不過是一個搬木工的南韓人，其實在第 1 章阿蜜那自殺死去的友人的書信中，早就出現了，還與鷹四在紐約見過面，當時就埋下鷹四要回山谷與超市白惡鬥的引子。

　　大江說故事運用伏筆，一伏就是首尾之遙！

6　傅高義指這群來自台灣和南韓這兩個戰前的殖民地的外勞，留居日本的大約有 100 萬人，相對日本當時人口 4,000 萬，約為 2%。(Vogel, 2019:291) 所以大江的故事，挺有意思地以這一小撮人作為衝突的一方。

山谷足球隊
掀起的經濟戰爭

大江 32 歲寫成的《萬延元年的足球》，活像一齣和風極濃、峰迴路轉的奇情電影，最後悲愴枉然的結局，源自一場由超市白的經濟五宗罪，而引發的「經濟戰爭」！[1]

⚽ 超市白的經濟五宗罪

第一，投身房地產。當年的日本，如四小龍和中國內地一樣，要「出圈發圍」就要投身土地開發。超市白多年來把山谷中的土地從原居民手裏買過來，[2]部分土地是原居民對曾刻薄南韓來的「奴隸工」抱有歉意，半賣半送地轉讓，但後來是原居民自己的業務無以為繼，不得不賣地求生，而超市白又是南韓人之中較有生意頭腦，從同鄉手中兼併土地，遂成為大土豪，還得了「天皇」這個「惡意」的外號。

---

1 引號內引述的是 2009 年版第 281 頁之譯文，以下相類備註將只簡述所引述的書頁頁碼。

2 同上，第 323 頁。

第二，掠奪性的商業模式，把小商店擠至破產。超市白從美國學會了連鎖經營，[3] 大搞噱頭，如憑舊發票買新貨有折扣 [4]；在冬日標榜「全店供暖」，賣「山谷人絕對買不起的」[5] 由北歐進口的暖爐，令山谷人感到暖意，卻在不知不覺間被洗了腦，摒棄了傳統的夫妻老婆店。沒有超市，老百姓似乎連家門都出不了。[6]

第三，玩財技。超市白借錢給山谷的青年，讓他們成為供應商（養雞戶），可以向超市供應雞蛋和雞肉。二代青年借得資本，反過來向超市白租地方和買飼料，但得承擔飼養的風險。[7] 故事中，雞隻因瘟疫死掉，物流又因交通事故卡住了，雞手鴨腳的青年團夥們無法套現和還錢，「走投無路」[8] 之下，才以鷹四組織的足球隊的名義，搞起暴動來。

第四，棄傳統。超市在過年時販賣工廠製造的年糕，使一門傳統手藝丟失了；所賣的餃子，在餡肉中摻入了代表朝鮮低下飲食文化的大蒜，令山谷人忘記了自己道統裏本來沒有大蒜味的餃子；[9] 展示的衣服，「色彩鮮艷」，一改山谷

3　第 131 頁

4　第 261 頁

5　第 213 頁

6　第 223 頁

7　第 105-109 頁

8　「菜采子」的引述來自第 261 頁，「主持」的引述來自第 299 頁

9　第 171 頁

人本來衣飾像「沙丁魚般的灰黑色」;[10] 最後,超市引入電視機,大賣都市化的娛樂,而電視機,也成為村民暴動時洗劫的目標。[11]

第五,謀利逃稅[12]。當老百姓邊投訴超市的東西爛,但又搶劫超市後,曾在超市當會計的「女孩子們」,為了合理化暴動,「披露」超市以劣貨賺取「利潤」;一個二戰時就來到山谷教日本歷史的老師,拿出幾頁賬簿,告發超市有兩本賬簿。而足球隊的一個小頭目,對能夠安排這個揭發黑材料的場面,表現出「演技的憤怒」和「得意的微笑」。

⚽ 輸家對現代超市的反抗

這場足球暴動,就是在大年初四超市促銷時,由鷹四的足球隊,煽動百姓對超市進行一次洗劫搶掠。與前兩輪不同,這次雖然也有深層文明衝突的意味,但同時也可以簡單的說是一場打劫,由一幫生意不成、「磨磨蹭蹭」[13] 的青年人,加上那內心糾結的暴力男,湊合而成的搶劫。

暴動開始時,還得到阿蜜的妻子「菜采子」和山谷寺院「主持」的支持。菜采子對鷹四還露出的傾慕之情,埋下

10　第 195 頁
11　第 201 頁
12　第 275 頁及第 285 頁
13　第 109 頁

了日後嫂弟通姦的伏線。而主持作為「善良的知識派」[14]，也出奇地將之形容成一件「令人高興」、「有意思的事」[15]。他就像江東父老總是希望自己那些「過去總是只盯着眼前無聊的瑣事」[16]的子姪，有朝一日能出人頭地一樣，報以同情之眼光，並「亢奮激動」[17]地認為足球隊所代表的，是整個日本的基層對現代超市的反抗力量，這只是第一槍，之後勢將會撩起全國百姓的同仇敵愾，把新經濟模式的侵略性這個「弊病」、把「走到頭」的「日本經濟」「大白於天下」。[18]

⚽ 足球隊無力肩負大型變革

書中以「我」[19]作第一人稱的阿蜜，有「觀察力的自由」[20]，冷眼旁觀。「我」認為，這場「大規模的盜竊」（Wholesale Robbery）[21]，只是小區內一小撮人搞的事，鷹四本身既沒有能力肩負起策動大型變革的能力，而且他內心還有許多紊亂和自私的思緒作動，驅使他戮力推動這場暴

14　第 299 頁
15　第 299 頁
16　第 299 頁
17　第 297 頁
18　第 298-299 頁
19　大江是這樣形容他自己和小說中的「我」的關係：「《萬》的敘述者『BOKU（我）』是可以作為第三人稱處理的根所蜜三郎……這個『BOKU（我）』和小說創作時的我非常接近……毫無疑問，敘述的主格是小說家本人……」（大江健三郎著／王成譯，1998/2019:45-47）
20　第 339 頁
21　第 261 頁

動，在這種目的不純且自相矛盾的動力下，「我」感到「悲哀沮喪」[22]：第一，「我」不同意主持的邏輯，「我」認為山谷人沒有對抗這個大趨勢的能力和必要，他們所做到的，只能算是在別人冷不提防時「襲擊」[23]，集體起哄，達到連他們自己都未想好的目的，同情他們，只是這些「貌似善良的自私的厚顏無恥」的人，利用年青人來報復；第二，「我」悲傷，是因為「兩三天騷亂就會平息」，鷹四將會有「淒慘」[24]的結局、而居民將面對「悔疚滋味」[25]。的確，暴動只發酵了一個下午，隔天就無以為繼。

尾段大江沒有讓老謀深算的超市白報警，白只放了個風，一邊説既往不咎，但另一邊又説會帶私人的部隊來，這可能比去找不作為的政府更有震懾作用。居民和青年人自知理虧，很快便作鳥獸散。鷹四轉眼便知道大勢已去，在向阿蜜表白了他多年前與親妹亂倫、導致她懷孕和自殺這個「真相」，和曾在美國召了一個年紀有如她母親的黑人妓女、在邋遢的巷子中染上性病這另一個真相後，再藉暴動次晚半夜一個車禍意外中死掉的性感少女，強説是鷹四自己因姦不遂並把女孩以石頭砸死，給自己安了個重罪的名堂後，開槍打爆自己的頭，從而結束了他這短暫、迷茫和暴力的一生。

---

22 第 299 頁
23 第 291 頁及第 299 頁
24 第 299 頁
25 第 281 頁

日本經濟
第三條路的奇蹟

大江雖然沒有詳細交代超市白在這場文明的衝突中的下場，謙厚的他也許自覺沒有水晶球，無法對日本的經濟大轉型最終的走向作出準確的預言，但大江還是暗藏機鋒，他的話總是被認為是「先知似的」。[1]

⚽ 日本奇蹟的獨特性

大江對經濟大勢應該有深刻的理解，[2] 這部作品收章擱筆之際，日本雖然只是一個新興經濟體，但戰後上下齊心，正經歷舉世矚目的日本奇蹟。大江成名於 60 年代，本來那獨特的封建體系，那個在遇上經濟大轉型初期還不斷以

---

1 Wilson (1986: 80/4183)

2 大江自爆與 1998 年諾貝爾經濟學獎得主、印度裔哈佛教授阿馬蒂亞●森（Amartya Sen）有深度的交流，包括「日本泡沫經濟時代的經濟戰士的工作態度」。（大江健三郎著 / 許金龍譯，2007/2019:2、7）；他亦把超市天皇、電視和日本的經濟高速成長連在一起來談過。（大江健三郎口述 / 許金龍譯，2007/2019:140-144）

頑固的方式，製造世代衝突和內外矛盾的體系，已成為過去式。這個文明對經濟和物質的重視，卻又重複地體現在阿蜜家作為大戶受到居民的尊重，老百姓對物質生活的追求和嚮往，對超市白雖然討厭，但又給他安了個「天皇」這等獻媚的封號；而這個文明對次子或邊緣後裔的冷漠，對外國人的排斥甚至仇視，是不會輕易地被經濟和時代巨輪解開的結。

而貫穿全書的一個情意結，是大江面對美式文明的入侵的一個複雜、糾結而抵觸的心態。大江寫 1860 年的暴動、阿蜜大哥的客死異鄉、鷹四因反美示威而遠渡紐約、最後山谷居民與代表美式資本主義的超市天皇叫板，其深層的矛盾，就是日本如何面對美國，一個時以解放個人自由的民主政體、自認為是所有社會的終極理想模式、和站在道德高地上的西方領袖，卻又是侵略者海軍大將培理的祖國、二戰時以原子彈摧毀廣島和長崎的國家級敵人，戰後且以戰勝國身分，指手劃腳地介入和改造日本憲法和政經體系，直接踩入這個過去寧願鎖國封疆、國民自我形象優越、天皇乃日出之本[3]的一國之君的地方。

美式資本主義在戰後日本所啟動的經濟大轉型，不錯是建立在自由主義市場經濟的邏輯之上，可是，日本當代的政經操盤手，卻一如千多年前平安和鎌倉年代古人「取之於

3　Vogel (2019:9)，這也是日文 Nihon 的來源。

漢唐，卻融之以我日」一樣，將美國模式徹底融入日本二戰後急於要重建經濟的國家政策之中。[4] 美國在二戰後戮力重建日本，固然是要補償原子彈的破壞，但另一方面也是在冷戰的格局下，在遠東安插一個戰略據點，制衡蘇俄，因此美國對日本給予最大的支持和包容，尤其是在技術輸出和開放市場這兩個關鍵點上。

不料日本卻從來沒有以自由主義市場經濟的教條來重建經濟，反而在美式市場經濟和蘇式的計劃經濟以外，自主圖強，另闢蹊徑，以國家機器主導的發展資本主義模式（State Developmental Capitalism），走出經濟重建和社會復元之路。這套組合拳，名義上是市場經濟，但在骨子裏卻是由政府——尤其通商產業省（MITI）[5]——積極參與和主導，這模式自 50、60 年代起，為日本經濟帶來了翻天覆地的變化，也顛覆了美國的資本主義信條；而後來的四小龍和自 1978 年起中國內地的改革開放，當中國家機器的角色，就是師承於日本，當年鄧小平還開宗明義地稱日本為老師。[6]

4　Pyle (2018: Ch 8)

5　名作 Johnson (1982), MITI and The Japanese Miracle 這書名其實已經說明一切。Pyle (2018: 4758/10286) 舉例二戰後日本政府的經濟重建工程司大來佐武郎（Okita Saburo），便是以高精密的製造業為日本復元之國策。

6　Vogel (2019: 174)

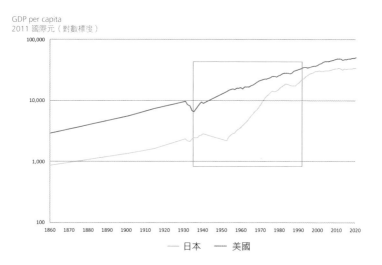

人均國內生產總值：日本與美國 (1860 - 2016)

來源： Bolt, J. et al. (2018). Rebasing 'Maddison': New income comparisons and the shape of long-run economic development. IDEAS Working Paper Series from RePEc, IDEAS Working Paper Series from RePEc, 2018. 1930 年前數據不全，單位是已考慮了購買力平價（PPP）的「國際元」（International Dollar）。

⊕ 一戰功成　繼續發酵

　　大江下筆時，不可能預見大約 10 年之後，一本由美國人寫的《日本第一》，[7] 竟然以日本制度的優越反過來啟發美國，宣布學生與老師的身分互調；他也不可能預料 20 年後日本竟然一躍成為世界經濟第二大體系。他收筆之際，超市天皇，這師承美式連鎖經營的韓裔商人，還是做得風生水起；而山谷居民的生活模式，還是在模仿美式消費主義，

7　Vogel (1979)

憧憬家電世界的降臨，同時也因為資本主義而面對異化和
失落。但在阿蜜和菜采子最後另覓「新生活」這一筆中，
流露大江作為當代的知識分子，一個看透經濟大趨勢的文學
家，對能找到美蘇以外的第三條出路，一條能切合日本自身
文明出路的嚮往。大江的一代人，窮一輩子，就是要積極地
把歷史的傷痕擦掉，建構「新生活」所需要的典範。

　　這本以足球為題，浩瀚連綿、一望無際之作，為大
江贏得諾獎，就像《足球小將》大空翼在世少盃決賽的奇
蹟。而由經濟大轉型所引生的衝突，直至今天，彷彿仍在發
酵。

從守龍門
談到博弈論

　　在足球圈，守門員往往被忽略，不過原來這也有好處，1998 年法國隊世界盃獎牌得主之一的守門員巴夫斯（Fabien Barthez）就說過，[1] 加時後射 12 碼是守門員表演的機會，因為壓力都是在劊子手那邊。巴夫斯是世界盃英雄，自有他的道理；然而，另一位大師卻因為「守門員的焦慮」而獲得諾貝爾文學獎。

　　沒想到 2019 年文學獎的兩個得獎人之一，奧地利籍德語小說和劇本作家彼得漢德克（Peter Handke），似乎是個足球發燒友，他的重要作品之一，就是 1970 年出版的 *Die Angst des Tormanns beim Elfmeter*（較近期的中譯本為 2013 年的《守門員面對罰點球時的焦慮》，下稱《守》）。[2]

1　Arrondel et al. (2019)

2　Handke & Wenders (1971)、Handke (1972)、彼德 ‧ 漢德克著、張世勝等譯（2013）

⚽ 守門員的莫名

《守》是漢德克早期的重
要作品之一。由於是德語作
品，非德語的讀者只能透過翻
譯本來窺視漢德克的風貌。小
説只出版一年，就獲電影商看
中，找來與漢德克年紀相若、
德國新晉導演 Wim Wenders
操刀，並由漢德克親手把小
説改編成劇本，取了個簡潔
的名字 *Goalkeeper's Fear of the
Penalty*（下稱《守 1971》）。

《守 1971》和文字版最大的分別，可能是電影在開首
加插了一場小説所沒有的足球比賽。比賽中，觀眾看到主
角守門員布洛赫（Joseph Bloch），似乎有點神不守舍，對
手一個很隨意的射門，他居然沒有撲救，呆呆地目送皮球
滾入網內，在中場再開球時，他更因與隊友和球證吵架而
被罰紅牌出場。這個小説沒有的場面，正好預示《守》要
説的，也許就是當代社會瀰漫着的那股莫名其妙、神經
錯亂的氛圍。要是用周星馳的話語説，那叫「無厘頭」；
而如果硬要由《天能》（*Tenet*）的導演基斯杜化・路蘭

（Christopher Nolan）介紹的話，他可能會以《守1971》作為「Mindf*ck（精神強暴、愚弄觀眾）」這種類型片的示範作之一。[3]

小說版的開端，是布洛赫退役後當上地盤工人，卻在讀者還沒有搞清楚發生了什麼事，便「似乎」被炒了魷魚。「被開除」之後布洛赫奇怪地沒有回家，反而入住了一家廉價酒店，當中除了買報紙時留意足球消息這一點比較正常之外，他所有其他的行為都是帶點沒頭沒腦的神經質，如無端打架；在酒店住了沒幾天，卻又莫名其妙地捏死了與他發生一夜情的電影女售票員，原因只是覺得她在聊天中常把布洛赫口中的朋友和事情說成為是她的朋友和她的事情一樣。之後的故事，愈發荒謬怪誕。布洛赫像是為了要找前女友而去了鄉郊小鎮，而如果說他是要躲開警察的追捕嗎？他又到處與陌生人搭訕，且不避嫌的跟交通警聊天，在酒吧（又）和人打架⋯⋯

⚽ 守門員談博弈論

漢德克的故事裏，足球其實只算是個小配角。布洛赫不錯是個守門員，也因此他甚至去過美國，故事中亦有對美

3　關於「Mindf*ck」，參考香港小說學會在2019年舉辦、鄧澤健先生題為《Netflix 劇場⋯⋯破解複雜故事結構》的座談會。

國遊客的奢華有所影射。但漢德克的那支筆，更在意寫一個疏離的社會中，個人的行為如何因為外界的打擊（被炒），而產生精神分裂、無法集中等的注意力偏差之病態。[4]不管是否愚弄觀眾和讀者，漢德克筆下這個焦慮的守門員，難以理解，看官要是想欣賞守門員的身手，的確要有點耐性。

小說的結局，是布洛赫在鎮上遛達時，「偶然」遇上一場足球比賽，在評論 12 碼時，布洛赫「無厘頭」地與一個穿西裝的售貨員聊天，還用上「博弈論」：「如果他（守門員）認識那個射手的話，那他就知道他（射手）通常都會選擇哪個角。但是，射手有可能也會想到守門員在琢磨這個⋯⋯」漢德克最後寫守門員不慌不忙地站在中間，以靜制動，把皮球一抱入懷。[5]

場外過氣守門員因失神而焦慮不已，反而場內壓力下的守門員卻輕描淡寫，大師是否「玩嘢」？

下篇起，讓我們看看博弈論的面貌。

4　梁文道（2006 年 7 月 9 日）

5　這結尾也正好預視近年行為科學對人們有種「行為偏好」（action bias）的論證。研究指出，守門員在 12 碼時喜歡「捉路」，結果往往是空手而回！統計而言，如果守門員「靜」在中間，擋到皮球的機會率，是撲左右又估中時成功救球的 2 倍以上！撲兩邊，就算猜對都有很大的機會擋不住球。Memert & Noël (2020:106-8), Arrondel et al. (2019)

博弈論：
這遊戲並不兒嬉

在英語世界，體育競技又叫做 Game，完場是 Game Over；雜誌《經濟學人》分析體育和財經故事的專欄叫 Game Theory；但不要以為這都是兒嬉之談，一門跨越政經軍商的研究，就叫做博弈論（Game Theory）。

⚽ 美麗的心靈

奧斯卡最佳電影《有你終生美麗》（*A Beautiful Mind*）講述美國二戰後的 50 年代，一個天才數學家約翰・納殊（John Nash）傳奇的大半生，由金球影帝羅素・高爾（Russell Crowe）飾演這位木訥內斂、文質彬彬的數學老師。[1] 納殊雖然曾一度患了精神病，卻在 1994 年，像開宗建派地成為第一個博弈學家獲得了諾貝爾經濟學獎，開啟了

---

1 納殊不擅於言，這不是單指說話，他甚至連打字都像懶得提起手指：他在普林斯頓大學的博士論文只有 28 頁，而 94 年皇家學院點名的 4 篇論文（沒有一本完整的書），合共只有 30 頁，首篇才 2 頁！

博弈論成為社會科學、經濟學、政治學、軍事對弈、商場對陣，甚至球賽佈陣中，廣泛被引用的一門理論和應用並重的研究。統計指，從他開始，26 年來至少有 11 位博弈論家，獲得了瑞典皇家學院的青睞，「湊足」一隊足球隊。[2]

⚽ 選美與博弈論

納殊不是博弈論的創始人。在著名的經濟大師中，約翰‧凱恩斯（John Keynes）的「選美比賽」就被指是博弈論的先驅。當代流行從報章上的照片競猜「最漂亮女人」，而凱恩斯就認為最佳的「解」，是回答另一條問題：「誰是大多數人覺得其他人覺得⋯⋯最漂亮的女人？」這個有趣的觀察，雖然也啟發了包括金融投資在內的行為研究，但由於多少帶點玩票的性質，要到稍後的約翰‧馮紐曼（John von Neumann），一個數學和理論計算機學的多產學人，博弈論始有為人所重視（甚至恐懼）的數學模型，其中他對「零和遊戲」的「解」，尤為重要。不過，由於時人認為博弈論始終比較狹隘，老是在說「當你知道我知道你⋯⋯」而未能找到大家重視的「均衡」，所以一直沒有成為主流。

2　Dixit & Nalebuff (2008:229-231)。2020 年 10 月 12 日學院公布由兩位研究博弈論分支競價投標的專家獲選為年度得獎人，為「球隊」再添兩員新血。

⚽ 上策均衡

　　一直到納殊的出現才有突破。納殊一個廣為人道的理論，叫「納殊均衡」。大意是，雖然在博弈中常有「你在猜我在想什麼，我又在估你知道我知道什麼……」似乎無止境，但納殊卻從理論上證明，許多博弈其實可以找到「解」，識別出一個或多個均衡。在這個點上，各個玩家（Players）的出招（策略），都是對其他玩家的最佳回應；任何其他點，玩家都會有動力再度出招，引來變化，但一到這個點上，大家會發覺相對其他人的出招，自己這一個回應就是最好的策略，就算這不是絕對的最優選擇也好。在能找到均衡的情況下，博弈論便登上大雅之堂，不再是「偏門」了。

　　由於體育競技中的規則、結果和分配（Payoff）明確，有助權衡和預測對弈的策略；比賽中對壘雙方的互動性又明顯和直接，因果關係較諸其他社會現象來得自然和明確，使博弈論的應用便更加得心應手。足球場上，有趣的博弈研究，要數西班牙裔倫敦政治經濟學院教授伊格納西奧 · 帕拉西奧 - 胡爾塔（Ignacio Palacios-Huerta）對 12 碼的研究。[3] 胡爾塔用上了納殊均衡和博弈論中的「混合策略」（Mixed Strategy，一種包含就算玩家自己事前都沒有想到的或然率

來出招的方法），以 1995 至 2000 年期間英超、意甲和西甲的 12 碼數據，印證了現實和理論上 12 碼劊子手的「上策」，是在 10 次的射門中，向自己的強方（如右腳者射向守門員的右方）射出約 62%，而守門員的上策，則是向劊子手的強方撲出約 58%。

　　下次大家看 12 碼，不妨可以印證一下，劊子手有否從「美麗的心靈」中偷師？

體育產業的
囚徒困境

作為經濟學用來預測社會現象的工具和框架之一的博弈論，其應用覆蓋的範圍，從以往只針對理論中的行為預測，漸漸地向現實世界裏的政治、商業金融和軍事等等領域延伸。[1]在體育競技上應用博弈論的案例（如上篇的 12 碼），多以如符號般的術語書寫，容易消化不良，以下我們以體育產業中商家之間的競爭和合作，一窺納殊和其隊友的風采。

⚽ 無處不在的「囚徒困境」（Prisoner's Dilemma）[2]

在體育產業中，英國和西班牙的足球聯賽，全球關注

1　McCain (2009:48) 第 3 章的小結，指博弈論作為「工具箱」，適用於解釋決策過程，尤其是決策間存在相互影響的時候。

2　「囚徒困境」是於 1950 年，由加拿大數學大師 Albert Tucker 在史丹福大學心理系教授一個偶然的邀請之下，為演講而提出的說法。見 Dixit and Nalebuff (2008: 66) 和 The Economist (20 August 2016)。

度較高。本篇及以下的兩篇，將應用博弈論幾個核心的概念，分析英、西兩國的足球產業，並把焦點集中到金額最大、吸睛度也是最高的電視轉播版權費的定價，揭示轉播費的高企（或相對偏低），在博弈論的視角之下，原來是有一定的結構性原因，這等因素或許在社會上其他領域也有一定的普遍性。

英格蘭超級聯賽和西班牙甲組聯賽（La Liga、下稱「西甲」），因廣為全球觀眾追看，電視轉播費一直水漲船高。不過，只要細心剖析和比較，卻可發現英超轉播費是年年三級跳，反而近 20 年足球成就遠勝英超的西甲，其轉播費的表現，卻相形見絀，雖然也有增長、卻顯得遠遠的不匹配。

本篇和下篇將從博弈的角度，提出兩個底層的結構性因素，理解體育產業：

一、英超的組織結構，由於歷史緣起或自然稟賦（Natural Endowment）的因素，一開始便偶然地解決了「囚徒困境」這個經常困擾社會、經濟，甚至政治組織的問題，從而達至最優均衡。

二、反觀西甲，卻因無法擺脫「囚徒困境」，導致市場長期僅能達至次優均衡。

　　「囚徒困境」是指社會上，普遍存在「自私自利」的個體（消費者、公司、利益團體、政府或國家），為了自身利益的最大化，往往選擇「損人利己」，放棄「合作共贏」，寧要「小我」，不肯成就「大我」，就算明知道也會捨棄柏拉圖的最優均衡（Pareto Efficiency）——一個社會資源分配的狀態，當中再沒有不會使到任何人受傷而得益的位置。[3]

　　就像兩個小偷（囚徒）犯案後被警察抓到，在囚室中分別被盤問時，只有兩條路可走：要麼「招認」，不然「否認」。如果雙雙同時「否認」的話，警察無證無據，唯有放人，兩賊得以逃出生天；但如果任何一方自私怕死，以「招認」換取成為「污點證人」，祈求獲得從輕發落的話，警方便有證據入罪，只是「招認」了的會獲減刑，而那個義薄雲天的老兄嘛，就會因口硬「否認」卻又被出賣，而將面對長刑期的牢獄之苦；當然，如兩賊同時「招認」，自然亦會鋃鐺入獄，量刑也總比「自己不招而別人招」而輕。（見 64 頁圖）

3　The Economist (20 August 2016) 簡要地説明「囚徒困境」的經濟思想，由 1838 年法國經濟學家 August Cournot 的「兩司競賽」始，經前面有提過的數學家馮紐曼的「二人零和遊戲」，至納殊的「納殊均衡」（和另外兩位同獲諾貝爾獎的學人）而集大成。

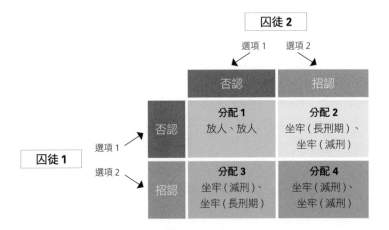

「囚徒困境」的普遍性

分配 1	兩囚徒雙雙否認，警察沒有證據，唯有放人
分配 2	囚徒 2 招認成為污點證人，獲減刑；囚徒 1 被出賣，獲重判長刑期
分配 3	囚徒 1 招認成為污點證人，獲減刑；囚徒 2 被出賣，獲重判長刑期
分配 4	兩囚同時招認，坐牢但獲減刑

來源：作者整理

　　有趣的是，在博弈的視角下，兩囚徒總在想「那家伙不傻，怎會不出賣我？」，那麼，在「你知道我知道你⋯⋯」之下，老子唯有先下手為強。換句話說，為了自保，在明知如果雙雙否認指控（合作共贏），二人的懲罰為最輕，小我大我同時成全，但由於沒有串通或約束的機制，最終各人為了自利，不管對方將會「招認」還是「否認」，總之自己的「上策」（Dominant Strategy，即任何情況下都使出的招數），就是「招認」；由於兩賊勢將會同時招認，結局則往往是個均衡的雙輸之局。

　　「囚徒困境」是一個納殊均衡，旋即被廣泛套用在不少現實社會經濟的領域，許多市場失效，都歸咎於「困境」作祟，如環境污染相對個體的方便、商場上的割喉式減價戰、軍備競賽、海洋捕獵和運動員偷吃禁藥等等。由於「困境」常見，有指它的普遍存在，有如給亞當史密夫（Adam Smith）——大力宣揚「自利」不壞、社會因有「無形之手」自然會達至最優均衡——一個老大的耳光！[4,5]

4　Dixit and Nalebuff (2008:71)、韓其恆（2017）、謝識予（2017:7）。

5　本文的雛型曾得上海財經大學韓其恆教授指正，在此深表謝意。

英超偶然擺脫
囚徒困境

　　「英格蘭超級聯賽有限公司」（下稱「英超公司」）是在 1992 年因緣際會、「偶然之間」成立的私人公司；其出現，卻打破了之前的「半壟斷」，並為後來克服「囚徒困境」，不經意地設置了一個最優均衡的路徑，整個過程被形容是「足球革命」。[1]

　　在英超公司出現之前，英國的足球行業，因整體經濟疲憊和足球流氓（Football Hooligan）肆虐，委靡不堪，各球會為生存均不斷四出找尋救生圈，有被迫搞上市的，有要變賣球場地皮的。而當時的電視轉播因球會疑慮會影響現場的入場收入，且向來從電視台得來的分成不多，以致當時的轉播價值偏低，轉播權一直落在國營的 BBC 和混合所有制的 ITV 兩者手中，輪流交替，表面上兩者是競爭關係，但實

際上，二者更像是個默認的雙頭壟斷。[2] 這是初期的均衡狀態——「均衡1」。

到1990年代初，幾個大球會人心思變，當中又以素有「英倫銀行俱樂部」之稱的阿仙奴（Arsenal），因剛剛引進一個「市井商人」成為股東並入閣董事局，最為積極地要打破球會被足總牽着鼻子走的形勢。1991年，ITV亦遇到新人上台，欲進一步鞏固其在足球轉播上的份額，兩派人馬在5月一個飯局上，居然一拍即合，一夜間促成當時五大球會的「兵變」，義無反顧地與足總「分裂」。[3]

當時五大球會，為籠絡其他甲組球會的支持，在設計新的聯賽憲章時，頗為照顧小球隊的需要，在組織的架構上，由頂層球會以一人一（股）票的方式，成為新公司的22個成員股東之一，不管你是「五大」（當年為阿仙奴、愛華頓、利物浦、曼聯和熱刺），還是「降班膽」，在聯賽的重大決策上，都有平等的投票權，加上分紅是以事先約定好的方程式計算，包括平均分配的部分，和按成績高低分配的部分（前者的權重較大），故分賬方式是透明和集體釐定的。

2　論者以「壟斷/雙頭壟斷」(monopoly/duopoly) 來形容二者之關係，見 Evens, Iosifidis, and Smith (2013:197)。

3　Edwards (2017). Edwards 是曼聯 1980-2002 年的主席、CEO 及大股東，有份參與那鴻門夜宴。

「囚徒」視角下球會間的角力

		小球會	
		合作	單幹
大球會	合作	**分配 1** 總轉播費超高 / 皆大歡喜（英超）	
	單幹		**分配 4** 總轉播費低 / 向大會傾斜（西甲）

分配 1	大小球會合作，服從集體談判，轉播費極高
分配 4	大小球會各自為政，搶得就搶，總體結果差但大球會佔多

來源：作者整理

　　於是，在 1992 年 5 月新成立的「英超公司」，一開始就形成業內專稱的「集體談判」（Collective Bargaining）——以共同利益最大化為營運基礎，所有商業決定將對各成員有約束力等，沒有大球會為謀私利而出賣小球會。[4] 以此基礎向電視台討價還價，自然有壟斷供應的優勢。

　　在博弈的視角下，英超公司是在誤打誤撞下，[5] 克服了「囚徒困境」，從而令其在對大伙兒迄今最重要的商業收入上——電視轉播，確立於了一個最佳的、無後顧之憂的談判

4　Edwards 指出五強所搞的「兵變」，一開始並不是為了經濟效益，而是為甲組會的運作要脫離足聯，是一個行政管理權的爭奪過程。

5　這與前篇克魯曼在闡述他的地理經濟學首尾呼應，克教授指地緣效應有許多歷史的偶然性。

位置。這便是「均衡 2」。

　　「均衡 2」作為英超公司的基礎營運邏輯，一直處於較為穩定的狀態，中間雖然幾乎所有大球會都出現股權更替，但都無礙英超公司的營運，就算有球會搞起私人電視台（如 MUTV、ChelseaTV 等等），但其前提都是把直播賽事這塊「肥豬肉」，留給英超公司。不過，隨着流動數碼產品的普及、串流技術提升，和私人分享模式的流行等等，新一浪的科技變革，這可能會為「均衡 2」帶來挑戰。同時，一直以來，行業間和媒體中，久不久便傳來不同版本的「泛歐洲超級聯賽」（Pan-European Super League）之説──其實這是當年英超踢開足聯的翻版，只是這將是個跨越國界、價值更高的動態演變，如事成的話，可能會是「均衡 2」的最大挑戰。[6]

⚽ 「囚徒」本來是如何被困的？

　　如果「英超公司」不是碰巧以「集體談判」模式經營，那各「囚徒」/ 球會又該怎樣抉擇呢？歷史自然是不會容許我們把英超推倒重來，做個實驗（RCT）檢測一下。但現實上卻有兩個相關的事實（反事實）：一個是英超成立前

6　英超電視轉播價值在 2019-20 年間開始碰到天花板，這是後話；泛歐超級盃之説，見 Geey (2019)。

的英足，一個是英超成立後平衡時空裏的西甲（下篇），兩者以交叉的時空和地域，或可提供一些有趣的反面想像：

　　1992 年前的英足聯賽，賽會是由 92 支包括甲、乙、丙、丁球會所組成的足聯（Football League）主理，由於是 92 支球會共管，利益不一致，[7] 各自為政，沒有集體向電視台（BBC 及 ITV）爭取，故當時由電視台所給的總轉播費為可憐的每年 1,100 萬鎊（總合約 4,400 萬鎊、覆蓋 4 季：1988-89 至 1991-92 賽季），勁旅如曼聯所分得的僅每年 9 萬鎊（1988 年）。前後比較，1992 年英超聯賽成立後首年的總轉播收入 3,800 萬鎊（總合約 1.9 億鎊、覆蓋 5 季：即 1992-93 至 1996-97 賽季），當中如曼聯可就分得近 400 萬鎊（1993 年）。[8]

　　換而言之，只是前後的一年間（1991-1992 相對 1992-1993 年度），僅僅是換了個模式 —— 由英足聯年代的各自為政、到英超聯年代的集體談判 —— 揭示了各自為政、「囚徒困境」的成本（即英足聯與英超聯電視轉播費的前後之差），是每年少賺 2,700 萬鎊，總合約差距大約為 1.47 億鎊。

7　　大球會被財力弱小的球會制約，甚至因為小球會沒有商業贊助，以抗拒不公平、浪費或混亂為由，成功反對在所有隊伍的球衣上印刷廣告，令大球會哭笑不得。見 Edwards（2017:102）。

8　　數據綜合自作者及 Geey（April 2015）。

鎊、百萬	囚徒困境	囚徒解困
	英足聯 /ITV 1988-92	英超 /BskyB 1992-1997
	(a)	(b)
每年	11	38
總合約值	44	191
成 本 = b - a (每年)	27	
成 本 = b - a (總合約)	147	

來源：作者整理

「困境」纏身的西甲

「囚徒困境」的例子，出現在與英超成立後的平衡時空——歐洲南部的西班牙甲組職業聯賽的商業安排上。

⚽ 作繭自「囚」

西班牙足球歷史上向來處於歐洲一、二線之間，但隨着 1990 年代末至 2000 年的一系列變化，自 2000 年中始，無論是國家隊還是球會，在頂級賽事中，均取得了空前的成功（表一），故其電視轉播的商業價值理應水漲船高。

表一：西班牙的足球冠軍（2000/01-2019/20）

	世界盃	歐洲盃	歐冠盃	歐霸盃
西班牙	1	2	9	10
英格蘭	0	0	4	4

來源：作者整理

　　然而，西國足球多年來，在行業管理、聯賽賽事的規章建立，和頂級球會的組織上，有兩個有趣、且自相矛盾的現象：依從舊西班牙體制中強人政治的歷史基因，在足運的管理上，仍有不少高壓或行政主導的色彩；不過，又因中央財政不足，與行政主導並存的是地方政府和商賈割據偏安、獨霸一方的勢態，反映在行業的具體管理機構運作上，就出現一個高高在上、但實權旁落的國家足球總會（Real Federacion Espanola de Fútbol，下稱「西國足總」），和常與之互扭六壬、由一級和二級共 42 支球隊組成的職業足球聯賽賽會（Liga Nacional de Fútbol Profesional，下稱「西國足聯」）。[1]

　　在各球會的發展中，由於歷史沿革、地理條件及工商業發展的不平均，向來只有位處首都的皇家馬德里足球俱樂部（Real Madrid，下稱「皇馬」）和處於國土邊緣、一向最不聽話的地區球隊巴塞隆拿足球俱樂部（Barcelona，下稱「巴塞」），兩支球會鶴立雞群，其「大到不能動」的霸氣，就正好體現在電視轉播的分賬安排上。

　　西甲的電視轉播收入，在 1990 代中葉之前，本來的默認選項是由西國足聯集中處理，[2] 不過，自衛星及收費電視

1　Evens, Iosifidis, and Smith (2013: 第 12 章)，Garcia, Palomar Olmeda and Perez Gonzalez (2010)

2　Garcia, Palomar Olmeda and Perez Gonzalez (2010:18-19)

在 90 代中出現後，一輪放寬管制的推動之下，各球隊有如甩繩馬騮，紛紛奔向市場，自行向媒體投懷送抱，漸漸形成轉播權的「單獨散賣」（Individual Selling）之局；[3] 同時，當時持相反政見的兩大電視台 Sogecable 和 Via Digital，在所支持的政黨或政府的推波助瀾之下，出現向球隊競價相爭購入轉播權，這情況就「正中球會的下懷」。[4]

　　由於資源及成績的優勢，能真正的從媒體身上取得甜頭的，其實就只有皇馬和巴塞。而自 2000 年代初，皇馬和巴塞均屢有土豪財閥入主，銀彈充足，各自為政的趨勢就愈演愈烈，到後來兩者與其他隊伍分野之大，像深深的挖了一道鴻溝，覆水難收。兩強當然是自己與各個媒體談判轉播合約，做到自身利益最大化，而其餘 18 個球會，就因為位處弱勢，僅能沾上蠅頭小利。以至西國足聯之首腦，在 2013 年時，仍不禁要嘆謂，指兩強為「甲組中的『超級組別』」。[5]

　　相形見絀的中小球隊，自 2000 年中葉始，如 Racing

3　Forbes (5 December 2015) 指「單獨散賣」是在 1997-98 年間開始，不過其他論者指「單獨散賣」的出現，應該是一個過程，而不是該單一的時空突然發生。

4　"…the government played (itself) into the hands of the clubs, which had now two competing TV operators willing to outbid each other. Individual selling was already in place, but the competition…. reinforced that trend" (Garcia, Palomar Olmeda and Perez Gonzalez (2010:21)

5　Francisco Roca（西國足聯的 CEO）說道："We have two 'Super-Liga' teams dominating and with them making over 50% of the revenue we have a big problem to solve." (Guardian, 11 April 2013)

Santander、Real Zaragoza、Real Betis 和 Valencia 等，因熬不住收入太低和連年虧本，紛紛步入銀行抽資、破產清盤或行政保護的行列。[6]

⊛ 「次優均衡」的成本

在博弈的視角下，這個自 1990 年代末至 2015 年一直持續不斷的「均衡」，不管是兩強，還是「包尾大幡」，雖然都知道英超近在咫尺的例子，明知合作共贏勢有好處，但卻總是偏偏選中了自私自利（各自為政）的「上策」。

以數字說話，1988 年西甲與英超的轉播費收入叮噹馬頭，都在每年 1,700 萬美元左右；但自 2000 年始「單獨散賣」在西甲盛行以來，西甲聯賽的電視轉播收入僅能達至柏拉圖次優（Pareto Inefficiency）——把大小的轉播費加總起來，18 年加總起來，西甲單獨散賣所得的轉播收入，只及英超集體談判所得的 63%，以此推算，西甲為「囚徒困境」所付出的機會成本大約為 59 億美元（表二）。

---

6 Evens, Iosifidis, and Smith (2013: 195)

表二：西甲「囚徒困境」成本

電視轉播費 (USD m)	英超	西甲
1989	18	17
⋮		
2018	2,003	748
18 年總和	16,212	10,268
	(a)	(b)
西甲 / 英超		63%
「囚徒」成本 = b - a		5,944

來源：2001-2018 數據來自 Deloitte (March 2017)，
1989 數據來自 Evens, Iosifidis and Smith (2013:194) 和艾雲豪 (2016)

⚽ 囚徒招認是上策

　　西國足聯也知道合作共贏、單賣則輸的道理，多年來作了不少呼籲，爭取在 2015 年前，為電視轉播過渡去集體談判。[7] 不過多年來，除了兩強有既得利益而不肯輕易就範之外，其實就算是中小球會，也有各自的利益考慮，抱着能蒙一年、便混一年的心態，包括兩強和兩支中游隊伍，在 2013 年底就被揭發私自與電視台簽約，把轉播期限延至 2016 年。東窗事發之後，有關之隊伍和電視台還因此而被罰款，[8] 情況就像囚徒的作弊招認一樣，明知作弊是「下計」，卻總是他們博弈中的「上策」，逃不開納殊均衡。

7　Guardian, 11 April 2013

8　Harris (03 December 2013)

　　囚徒困境的次優均衡，單靠各利益相關體根據自私的原則、和自由市場的正常規律，似乎難以打破。然而西甲歷史上素有行政主導、軍政獨裁的基因，似乎要靠中央的行政和立法機關的作為，才有出路。實際上自 2010 年後，幾經轉折和談判，西國政府和國會在 2014、2015 年間，以行政指令和立法的方式，強制要求在 2016 年後各球會應尋求集體談判的方案，當中包括限制強隊弱隊收入差距的比例不過超過 4.5 倍、[9] 集體談判的前提之一是任何一隊（其實即是兩強），都不能因之而收入減少等等。[10]

　　結果於 2015 年 5 月，在國會及西國足聯的推動中，在兩強利益被保證的前提下，集體談判的雛型得以達成，出現與英超相若的分紅比例，並在 2018 年（至現在）新一輪招標的合約中，可體現其剛剛開始的執行情況。[11]

　　西甲雖以行政主導，開了個頭，但是否能達至新的納殊均衡，尚需視乎各方「囚徒」在博弈之間，平衡短線長期、小我大我間的利益衝突。這個遊戲似乎仍然在較量之中……

9　Bloomberg (11 February 2014)

10　Forbes (5 December 2015)

11　西足聯的香港代表 Castell Eduard 告訴本書作者，足聯的期望，是西甲每年轉播費與英超目前近 3 倍的距離，拉近至約 1.5 倍，即西甲能達英超的一半。西甲電視轉播費比英超低，除了是博弈的結果外，還有許多因素如整體國力、經濟水平等，所以西足聯的目標是高是低，還是未知數。

電視台作為「局內人」的破釜沉舟

體育產業的格局，令部分懂得玩遊戲的「局內人」（Incumbent），在動態博弈中，以「破釜沉舟」式的預先承諾手段（Commitment），阻嚇擬進入者。

前面是從「內容供應商」的角度，理解電視轉播費飛升的「供給側」經濟，是靜態博弈；要是從轉播權的買方的角度來看，價格高，表面上代表購買成本高昂，買家受罪，但實際上這些投資成本，卻可以被視為是進入市場的門檻，是條護城河。在博弈的視角下，這是商場的一個動態而重複的博弈，「局內人」（或先行者）以破釜沉舟、提前「曬冷」的一着，圖以預先承諾方式，把在外邊一直虎視眈眈的後來／擬進入者（Entrant）拒諸門外。

⚽ 「進入 - 阻嚇」博弈

市場的「進入 - 阻嚇」博弈[1]，一個核心的關鍵是，如果行業是朝陽行業的話，擬進入者如欲分一杯羹，在沒有行政或其他干擾的情況下，一般是會以標奇立異、低價招標，務求先殺入市場，佔了份額再說。而局內人如發現有擬進入者，一般的反應是，嘴巴上會宣稱奮力抗敵，表明會打價格戰，但實際上由於市場在擴大，局內人計算利害後，往往不會認真執行該威脅，因為即使份額會局部地被後來者佔去，但畢竟局內人自己的餅乾還是在發大。從結果倒推

圖一：「進入 - 阻嚇」的一般模式

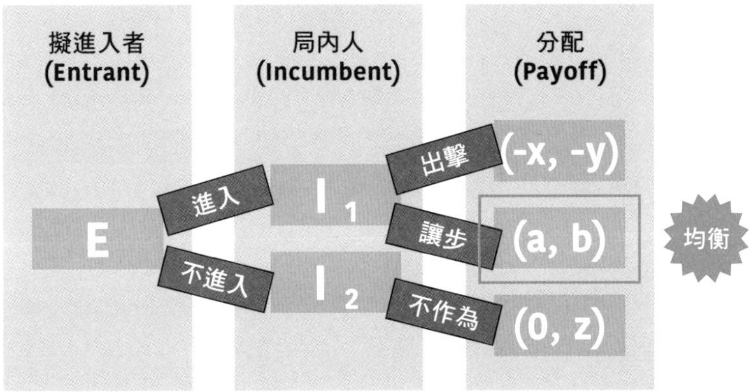

註：分配括號中 ，第一組字母代 (-x, a, 0) 代表擬進入者 (E) 在該選項結局中的分配份額，第二組 (-y, b, z) 則是局內人 (I) 的份額。

來源：從 Carmichael (2005) 和 McCain (2014) 引伸出來，作者整理

---

1 韓其恆 (2017)、Carmicheal (2005: 96-100)、McCain (2014: 25-27, Ch 12-13)。德國經濟學家 Reinhard Selten（與納殊同年獲諾獎）就以「不可信的威脅」為基礎，提出「多個納殊均衡」同時存在的普遍性，見 The Economist (20 August 2016)。

（Backward Induction）——動態博弈論的慣常思考方法——
識穿威嚇只是個「空城計」的後來者，往往會照闖入市場而
不誤，把一個不斷做大的蛋糕切開。（圖一）

　　但部分聰明或有膽識的局內人也從結果倒推，明白光
是嘴巴上喊，沒有阻嚇作用。為了加強威嚇的可信性，局內
人得花點成本，先行出手，以鈔票代替空口白話。於是局內
人的策略選項是大灑金錢，將預先的承諾，如提升服務、優
惠等等提早兌現，封死了「只説不做」的「空城計」，做到
破釜沉舟式的既成事實。這等威嚇，由於有極大的代價作支
持，透視局內人的決心，面對如此幾近不理性的局內人（或
許是裝出來的不理性），後來者才會給「嚇窒」，不敢輕言進
犯，就算因行政手段入局後也不敢造次。

⚽ 破釜沉舟的策略

　　以這等破釜沉舟的策略，突破空城計的不足，乃兵家
常見之事；[2] 而英超付費電視的先驅霸主、由澳洲傳媒大亨
梅鐸控制的天空電視（Sky TV，前稱 BSkyB），多年來便是重
複使用這套路，而成功做到接近「獨霸武林」。

2　Dixit and Nalebuff（2008: 第 7 章）指有 8 個博弈策略，可增加局內人的可
　　信性，其中「第 4 式」為「過河燒橋」（Burning Bridges behind You），
　　與「破釜沉舟」有異曲同工之妙。

　　英超轉播費，由 1992 年英超橫空出世時的年價 3,800
萬鎊，每 3、5 年便以幾何級的倍數躍升，除了在 1990 年代
末至 2005 年中，曾因行政及法院以壟斷之名調查、干預和
立法[3]，強制天空電視將部分轉播權與敵同眠，而令到轉播
費的上升速度稍為「回氣」之外，即使是在 2008 年金融海
嘯的風眼之中，轉播費都如脫韁野馬瘋狂上漲，到 2019 年
為止的年價已達 17 億鎊，是 25 年前英超出世的 45 倍！[4]

　　天空電視的角色是局內人中的表表者。1992 年，當時
它仍然是年年虧本，而電視行業中「用者自付」的模式僅只
是初露端倪，然而天空卻敢孤注一擲的把新鮮出台的英超一
把抱住，盡顯其狼性。自 2000 年中因上述行政、法庭的干
預後，天空不得不稍作粉飾，把蛋糕與後來者分享，讓當地
的、或外來的電視台，像 Setenta、後來美國的 ESPN 和國企
BT（British Telecom）等，以後來者的身分擠進市場，天空
電視也再沒被扣上「壟斷者」的帽子。（圖二）

3　包 括 英 國 的 Office of Fair Trading 和 The Monopolies and Mergers
Commission， 和 歐 盟 的 the Competition Directorate of the European
Commission。Evens, Iosifidis, and Smith (2013: 第 13 章)

4　Geey (2019:201)，2019/20 至 2021/22 的內銷轉播費下調了一成，但國際
轉播費卻仍火箭上升，故總收入仍然是十分亮麗，只是由於後者的數據不
全，無法比較。

圖二：「進入 - 阻嚇」在「天空之城」的模式

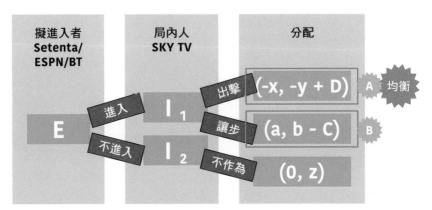

註：C（即是 Cost）是局內人 (I) 提前承諾的成本，而 D 是對應 C 而所產生的淨收益。當 A 大於 B，即 (-y+D) > (b-C)，即局內人大灑金錢「破釜」之後，擬進入者 (E) 從結果倒推，在我知道你知道……的情況下，會被嚇窒，不敢造次。

來源：從 Carmichael (2005) 和 McCain (2014) 引伸出來，作者整理

　　不過，由於天空的年年的瘋狂定價，[5] 後來者其實即使是進入市場，卻無力跟上，最後也是折翼而回。[6] Setenta 在 2009 年率先進入了破產程序，而後面的進入者，雖都是大集團的子公司，但也得靠總公司的支撐，才得以艱苦經營。到 2016 年左右，哪怕是國營的電訊巨無霸幾經努力，但其在收費電視上的市場佔有率，卻仍不過為 4%[7]，算是聊勝於無，對天空的威脅似乎不大。

5　　天空電視前主播 Chris Skudder 曾告訴本書作者，指天空一直主動以高價的策略，折騰對手。

6　　這種面和心不和的關係，與早年 BBC 與 ITV 的「與敵同眠」、相對和諧的局面（cosy duopoly），相映成趣，Evens, Iosifidis, and Smith (2013:198)。

7　　Evens, Iosifidis, and Smith (2013:201)，The Economist, (18 January 2018)

商業競賽有如遊戲，但絕不兒嬉！在博弈論的視覺之下，只見無論是內容供應方（球會的組織、包括英超和西甲），還是版權的購買方，不管是靜態的組織和談判設置，還是動態的、反覆對弈，都得出應以高價應變作為基本選項的「上策」，難怪英超的電視版權，多年來的納殊均衡是只升不跌；[8] 相反，西甲在一段不短的歷史時空之中，被困「囚牢」，長年以來卻只達次優均衡。

以上這套從供應方和購買方來透視經濟現象的視角，對今日例如香港居高不下的樓價乃受制於供給側的不平衡，和投資買方對近年在資本市場上獨領風騷的獨角獸的驚艷和追求，似乎都有一定的用處。好了，以上的學人們講了許多創富的故事，下一篇讓大家讀一下脫貧的故事。

8　如前文提及，英超 2019-20 始似碰到價格天花板，受到外來因素（exogenous factors）的影響。

足球巨星
無助脫貧

　　足球作為全球收入最高的體育項目之一，對第三世界來說，本來可以是脫貧的路徑，然而，諾貝爾獎學人看到的卻是另一回事。

　　2019 年瑞典皇家學院頒的諾貝爾經濟學獎，得獎人有點與眾不同，那對夫妻和他們其中一位的老師更像是鄰舍家人。兩口子，先生是印度人阿比吉特 · 班納吉（Abhijit Banerjee），夫人是法國人埃斯特 · 迪弗洛（Esther Duflo），而美國人米高 · 克雷默（Michael Kremer）是迪弗洛在 MIT 念書時的老師。[1]三人行，在研究脫貧這個發展經濟學的重要課題時，志趣相投，並巧妙地用上「隨機對照檢測」（Randomized Control Trials，RCT），把經濟學和社會科學的研究，由過去以觀察研究，重「相關性」的回歸分析，推向更科學化、因果關係更清晰，和結果更具有政策導向的方向。

1　該獎項由三人平分，本文則主要講班氏夫婦的研究點滴。

　　班氏夫婦專講脫貧的著作 *Poor Economics*（《窮人的經濟學》），提及的其中一個脫貧政策工具是教育。發達國家的高大上、「坐在沙發上」[2] 的經濟學家們想當然地指出，只要捐錢蓋學校，問題便迎刃而解。但班氏夫婦卻發現，原來在一貧如洗的國度裏，情況不是想當然的。

　　在班納吉熟識的印度，那些在教育上的投資很可能都是浪費，貪腐以外，「需求」的扭曲，是一個深層而現實的問題。父母需要小孩落田工作以解決燃眉之急，還只是其次，更根本的問題是，教育是個長期投資，出錢的是父母，收成的卻是日後或會遠走高飛的下一代，當中社會風俗、文化和性別等的因素，都需要用實驗來分解。相關的問題，例如是否必須提供教科書、小班和大班、私校和公校，以至老師是全職或兼職，都不是我們在沙發上便能想出方案來。

⚽ 足球學校的「貧窮陷阱」

　　班氏夫婦以研究貧窮為己任，兩口子常在第三世界穿梭，應該見過不少像美斯（阿根廷）、莫域治（克羅地亞）、卡卡（巴西）等人在祖家的鄉親父老和童黨。數據指，過去 20 年的世界足球先生，只有 4 人是來自發達國

家。[3] 這對夫婦對教育基建的研究，也許應該寄幾份給 FIFA
會長恩芬天奴（Gianni Infantino），建議會長在爭選票、寫
支票、蓋學校之前，應先參考一下足球學校的「貧窮陷阱」
（下圖），別把資源都給腐敗或浪費掉。

足球學校貧窮陷阱的模擬曲線圖

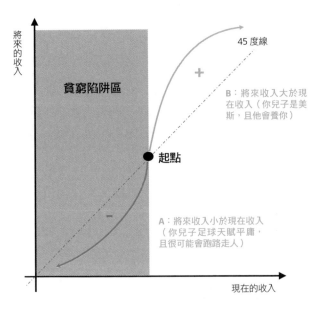

來源：啟發自 Banerjee & Duflo (2011:16)，作者修改創作

3　他們是 2001 年英格蘭奧雲（Michael Owen），2003 年捷克尼維特（Pavel
　　Nedved），2006 年意大利簡拿華路（Fabio Cannavaro）和 2008、2013-
　　14、2016-17 年葡萄牙的 C 朗。心水清的讀者應該知道在下打了個擦邊球。

　　班納吉是足球迷，他獲諾獎後首度衣錦榮歸的其中一件事，是與當地一間著名的球會約好看足球比賽。[4] 然而，班氏夫婦在貧窮世界多年沉澱下來，似乎沒感覺到足球如何幫助第三世界「脫貧」，反而，他們看到的，更多是不公義的彰顯！

　　在新作 *Good Economics for Hard Times*（《好的經濟學》）之中[5]，他們筆下的職業運動員，尤其是足球員，是高薪厚祿和走私逃稅的表表者。

　　在討論 AI 和自動化這個環球大潮如何影響第三世界時，班氏夫婦指這一輪自動化的「替代效應」，似乎比 17 世紀工業化的影響更為巨大和負面。他們引用與迪弗洛同聲同氣的法國新晉經濟學家湯瑪斯 · 皮凱提（Thomas Piketty）的「大回轉」，指財富不均的現象在 20 世紀初回暖後卻又極速惡化，贏家通吃（Winner-take-all）製造了一個個超級巨星企業（Superstar Firms）和它們的 CEOs，而金融市場對此亦起了推波助瀾的作用。

　　行文至此本來是頗正常的，誰知他們筆鋒一轉，就把矛頭直指阿根廷人美斯，指他 2018 年一個人 8,400 萬美元

4　The Economic Times, Panache (24 October 2019)

5　Banerjee & Duflo (2019: 227-262)

的工資收入，是有工資帽制度下一隊 NBA 的一半，而球員們合理化他們的收入不該受到限制的理據，通常是資本主義式的，是經濟上的不合理，而不是體育競技上的原因——沒有球員在辯護時會說「收入多一點的話，我會踢得好一點」。

別以為 C 朗拿度可以倖免於難，班氏夫婦緊接便以「巴拿馬泄密」事件，劍指這位超級巨星。C 朗 2018 年被西班牙稅局控告逃稅，最後得認罪，並賠付 1,900 萬歐元罰款才換得緩刑。之後，「C 朗為了低稅率去了意大利」。[6]

研究脫貧的諾獎巨星，卻看不慣出身貧窮、後來在球壇上成就萬千的足球超級巨星，前者在田野實驗之間應該很清楚「貧窮」對小朋友的折磨，應該了解足球怎樣幫助這對天驕以及各地許多的「窮小子」踢出個未來，但為什麼在他們筆下的巨星，卻有如此陰暗的一面呢？

那就是本書第二部分，「成就方程式」其中的一個核心問題。

第 2 部分

巨星的
運氣和
技藝

緒言

　　足球、籃球、網球……作為運動競技，講求運動員憑過人的天賦（Talent），不懈的努力（Effort），鍛煉出超凡的技術（Technique）──憑藉這等「獨門武功」，運動員獨步天下，名利雙收。球場上的一傳一射，肯定是「技藝」（Skill）的表現；然而，比賽的戰果卻是意外頻生，因為在許多環節上，運氣（Luck）和「偶然的因素」（Randomness），[1] 會對技藝和入球這個因果關係（Causation）橫加干預。

　　為理解本書的第二部分，這裏列出一條公式，將技藝、運氣和成就等元素，「定義性」地放在一起：

　　成就 = 天賦 + 努力 + 眼光 + 技術 + 苦幹 + …… + 冒險 + 不可預測的因素

1　「運氣」和「偶然性（或隨機性）」非常相似，本書跟從以下的二分法：運氣，是指個人 / 個體碰上某件事或某個機遇的機會率；而偶然性，是指在群體內出現個別事件的機會率。換言之，美斯射 12 碼不巧碰上鋼門、費達拿正要絕殺祖高域卻遇上下雨要擇日接力，就是運氣；但國家隊出現像美斯、費達拿、姚明的機會率，就是群體分佈中的偶然性。Mauboussin (2012:12)

　　用歸納法，我們將天賦、努力……冒險等因素，統一收納在「技藝」之中；將不可預測的因素，稱為「運氣」；再以「巨星」代替「成就」，那麼我們就有以下這個「1 + 1 = 2」的超級巨星方程式：

⚽ 巨星 = 運氣 + 技藝 [2]

　　請記住這個公式，本書的第二部分，就是要把這條公式的每個項目逐一拆開。

　　在第二部分，我們將先瞄準公式左邊的被解釋項，亦即超級巨星的成就，揭開為什麼今時今日巨星的回報，比以前的多，也比二流「小星」的多，贏家是怎樣做到通吃的。

　　接着，我們將跳到公式右邊的解釋項，首先是運氣，我們將看看究竟天意如何作弄。

　　最後，我們會聚焦技藝，教大家學習巨星怎樣把求生的技藝優化，避開「嗆咳」，和發揮意像及想像力。

2　巧合地，原來卡尼曼指他最喜歡的公式，竟然是「成就 = 天賦 + 運氣」，大師還道：「大成就 = 多一小點的天賦 + 多非常多的運氣」! Kakneman (2011: 177)

比利的
足球金童經濟學

比利，原名 Edison Arantes do Nascimento，是近代足球金童的著名代表之一。有比利參與的電影歷來不少，但2016 年的 *Pele: Birth of A Legend*（《比利：傳奇的誕生》），卻是英語世界裏少有地以傳記電影的形式，把比利成為球王的傳奇故事，帶上大銀幕。電影以第三世界的背景和故事，配以南美原始和野性的畫面，道出了超級巨星經濟學的一些軌迹。

⚽ 「窮小子」不一樣的後花園

比利一向被説是「窮家子」憑天賦、赤手空拳，闖出一片天的典範，電影也試圖如實反映。不過，現實可能就像萬花筒，角度稍為扭一下，出來的色彩就很不一樣。故事中比利家雖然不算有錢，不過他們一家五口，住在自己的一棟房子，不是一座公屋內的一個單位，更不是慣常見到的貧民

鐵皮屋。鏡頭前，這個小康之家還有上下兩層，空間感十足；又有後巷花園和樹林，讓比利苦練腳法。

比利和他的小戰友在鬧市的橫街窄巷裏，穿花蝴蝶似的頭頂腳踢、倒掛金鈎，當然是電影主要的場景，但比利家後巷的花園和叢林，尤其是一棵棵結實而豐滿的芒果樹，正是比利苦練那後來獨步天下的「Ginga」腳法、一個像武俠小説裏「閉關修練」所在地。那些芒果，就是比利苦練「扐」波、倒掛和射籃的獨有資源。

電影交代了「Ginga 足球」的由來。原來在 16 世紀葡萄牙人殖民巴西的年代，歐洲人帶來了不少非洲黑奴，非洲人後來受不了壓搾，逃入巴西各地的森林村落。他們為了自衛而發展出一套拳術，結合非洲人在原野的原始本能、和巴西原土著的搏擊術和舞蹈，並稱為「Capoeira」，亦即是一種集游擊、搏擊和格鬥的自衛術。後來雖然奴隸制被廢除，但黑人和土著生活未有太大改善，且「Capoeira」作為自衛術反被立法禁而絕之，老百姓唯有將這套搏擊術，滲入足球訓練之中，並稱之為「Ginga 足球」。由此看來，現在世人習慣形容巴西足球為浪漫率性的「森巴足球」，可能是殖民色彩濃烈、粉飾太平的一面之辭，浪漫之下，其實有更深層和更血腥的另一面。

比利以「果」代「球」練出絕世神功，應該是電影人的創作點子，但細心想來，「窮小子」就地取材也不是不可能的。小朋友沒錢買足球，以廢物「揑」造足球，那是經常發生、誰都會、且誰都能做的事，那麼，由此練出來的功夫，大伙兒的水平也自然不會差太遠。但比利就不一樣了，他有的是別人沒有的芒果，在後花園裏供他練跳起倒掛、學以柔制剛——力度稍為大一點，那便是爛果滿身、非常難受。

所以，故事之中一大幫的街童，也就只有比利能練成「Ginga」足球，這就是起步點不一樣，資源不一樣，在路徑依賴（Path Dependence）的視角下，結果不一樣的機理。

⚽ 波牛父親棄球從「傭」

再挖深一層，讓比利球技與眾不同的原因，表面上是比利有位過氣足球員的父親。「代代相傳」，「有其父必有其子」，自古便是各個典範的成功元素之一，不管是否真有足球的特種遺傳基因這回事，但起碼比利家從小就讓他有熱愛足球的狂熱氛圍。不過，比利家的足球狂熱，與巴西人成千上萬的家庭，父／母都是足球的狂熱分子，應該沒有太大的差異。

　　也許真正令比利脫穎而出的原因，是他爸退役後，沒有留在足球圈當教練，跑去一個從歐洲外派至巴西的富人之家，當上家務總管，也因此，他爸的收入，比起留在球會做打雜總管要高，才讓他有錢可以買大屋，不用比利去當童工，供比利去足球學校。否則，那個手停口停的年代，一般人家裏有小孩的，哪有不趕他們下鄉或到工廠裏上班，掙錢餬口的？

　　後來也是因為這個富人之家的二代，同樣熱愛踢球，組隊參加全國選秀，恰巧比利隨老爸上班、從那二代口中得知這個比賽，才通知小友組隊參賽。賽事之中，比利大顯獨門的「Ginga」腳法，一鳴驚人、光芒四射。雖然決賽中，比利一眾布衣赤腳的烏合之眾，最終輸給那衣履光鮮、靴甲結實的大熱門，但比利還是被球場探子相中，獲推薦給大球會山度士，由此正式踏上職業球員之路，與那富人子弟化敵為友，助巴西隊在 1958 年首奪世界盃，從此奠定他超級巨星的地位。

　　比利式傳奇的誕生，令人興奮，亦為巨星經濟學的方程式揭開序幕。

一個巨星的誕生

The winner takes it all.

The loser standing small.

No more ace to play.

The loser has to fall……[1]

　　看電影《星夢情深》[2]，想到近代球壇的天皇巨星，自當以 1950 年代的巴西球王「黑珍珠」比利起始，之後多個球王崛起，至 2019 年，當世的足球先生首兩位眾望所歸，分別是美斯和 C 朗拿度。[3] 期間，見證了一個特別的經濟和商業現象，即頂級優秀的球員以全球矚目的身價，晉身成為打工皇帝般的超級巨星。

1　歌劇 Mama Mia 中改編瑞典組合 ABBA 的名曲 The Winner Takes it All，歌詞中的贏家通吃，道盡超級巨星一仗功成的殘酷現實。

2　2018 年電影《星夢情深》（A Star Is Born），由帥哥畢列・谷巴（Bradley Cooper）執導和主演，並伙拍流行樂壇天后 Lady Gaga 處女演出。

3　FourFourTwo (April 2019) 總結至 2019 年的 25 年間，百位足球先生的排行榜，榜首兩位是美斯和 C 朗拿度。

　　有趣的是，超級巨星是如何誕生的？ 1950 年代，比利在巴西山度士足球會（Santos Futebol Clube）處子登場，技驚四座，聲名鵲起。到 1970 年，他為巴西三奪世界盃，成為歷史巨人。他被最為廣泛報道的收入，是在 1975 年以年薪約 160 萬美元（計及通脹約等於 2018 年的 770 萬美元），加盟美國的紐約宇宙隊（New York Cosmos），同期英國頂級足球員平均年薪約 1 萬美元（約相等於 2018 年的 1 萬美元，因期間英鎊匯價縮水一半！）。

⚽ 不完全替代

　　比利傳奇的誕生，或可用張國榮名曲 *Monica* 的一句「誰能代替你地位」作概括。從經濟學的角度，「無可替代」即「Imperfect Substitution」（不完全替代）。美國著名勞動力經濟學家、芝加哥大學的盧臣（Sherwin Rosen）[4]，把這個一般用在產品或服務的經濟學概念，套用於打工精英身上。

　　「不完全替代」是指，賣方出售的服務或產品之技術或服務水平超越平凡，對買方（消費者或球迷）而言，是稀缺的供應，而且買方在其他二、三流的賣方身上，找不到同等的滿足感。[5]

4　盧臣是第一部分提及過的諾獎得主李察・泰萊的博士導師。

5　Rosen (1981:846)。盧臣當時所指的超級巨星，主要是演藝界的歌影視明星，並以小說作家、外科醫生和超級大狀等為輔。到了 Rosen & Sanderson (2001)，他（們）的焦點才放在職業運動員身上。

不信的話，可以試試以下這個心理測驗：巴西隊在 58 年世界盃決賽，藉黑珍珠比利梅開二度，以 5：2 打敗瑞典，讓你喜不自勝、手舞足蹈。如果說這場球賽帶給球迷的滿足指數是 3（即 5 減 2），那麼試試進一步地問，你要怎樣才能從瑞典隊身上，取得等同於巴西隊帶來的快慰呢？多看瑞典隊的比賽 3 場，是否可以代替看 1 場有矯若遊龍的比利作賽的巴西隊，所帶來的滿足感呢？相信一般的球迷，除了瑞典的鐵桿粉絲外（有僭了，但瑞典的球迷別難過，文首所引用的便是瑞典名曲。），幾乎肯定會說「不能」！

球技一流的比利，其欣賞價值愈不能被替代，其他二流球員的價值就愈被貶低，比利此超級巨星可通吃的「經濟租」（Economic Rent）分量就愈大。

⚽ 規模效應

除了「無可替代」外，巨星之所以能持續拋離二流，也得益於上世紀 70、80 年代以降，大眾媒體藉傳播科技和商業模式，將體育競技以不同形式帶進觀眾的眼簾。跨國媒體把足球賽事視為能生金蛋的母雞，不惜工本，既搞現場直播，又製作特輯及賽事精華，後來更有個別隊球會推出自家頻道（如曼聯、皇馬等）。

　　觀看競技自古羅馬便有，幾千年來，觀眾總是樂此不疲。古羅馬時，觀眾人數受限於鬥獸場座位，現今日新月異的電子傳播技術，能享受現場比賽的觀眾人數可如幾何級數上升。對於提供「戲肉」的內容供應者（如比利）而言，他是用不着多加訓練，甚至不用多打一場比賽[6]，便可以把幾乎是同等程度的娛樂和滿足感，透過電視和其他媒介的傳播帶給更大量的觀眾，這就是「規模效應」。故 1950 年代比利透過全球電視轉播所能技驚四座的人數，與古羅馬那能容納數萬人的橢圓形鬥獸場差天共地。

　　用經典經濟學的話説，巨星的「服務」有近乎傳統定義的「公眾財產」（Public Goods）的特性，即如空氣，大家可在同一時間內同時看直播，在一定的覆蓋技術和範圍內，幾乎是沒有「界外效應」，互不干擾，我觀看這場賽事，不影響你的滿足感。而因為科技的進步和商業模式的創新，令「共同享用技術」（Joint Consumption Technology）[7]愈來愈完善，使轉播業務的資產和專利權等，能更清楚地劃分開來，如球賽的轉播權大致上能做到付費收看。由此，巨星的規模效應就會更加巨大，而可以清楚地在市場劃分出來給巨星獨享的「餅乾」，體積也應該會愈來愈大。

6　有稱這為 Baumol's cost，即一種難以被提高的生產力，如天才小提琴家只有一雙手、比利只有一對腳。Krueger（2019:148），Economist（22 June 2019）

7　Rosen (1980: 847)。盧臣這裏主要是指科技的影響，即由於技術的方便，愈來愈多人能「同場」觀看賽事；而我們站在回顧的角度，卻認為商業模式的創新，也同樣重要。

　　超級巨星和一般球員之間，差之毫釐，謬之千里。對買家（觀眾）而言，一二流之間的技術分野、替觀眾帶來滿足感之間的對比，差別是「不對稱」的。用技術用語說，分別由比利和瑞典球員所組成的球隊，兩者的供應曲線弧度非常之大，個人技術上些微的差別（如一次成功的後踭傳球），卻對收入構成極「不對稱」的放大效應。

　　比利等巨星藉轉播脫穎而出，但原來只是道前菜冷盤，主菜仍在後頭。

「0」與「1」之間

　　巨星的無可替代，再加上近 20 年那前所未有、源起於「0」和「1」之間的「洪荒之力」（借用中國奧運游泳美少女傅園慧之言），使贏家所能通吃的份額愈來愈多，剩下來給輸家吃的，也就愈來愈少。

　　「0」與「1」所代表的，自然是電腦。1980 年代，個人電腦普及化，當年具寓言故事味道的暢銷書《第三波》，道出繼農業革命的第一波、工業革命的第二波後，個人電腦就代表了第三波。[1] 然而，個人電腦雖然給人一種山雨欲來的感覺，但真正具有劃時代變化，卻可能要等到 2000 年左右，當個人電腦發展至流動通訊設備，並融入互聯網和社交媒體後，才得以徹底影響每個人的每一分鐘，和所做的每一件事。

1　Toffler (1981)

　　由於天賦不同，運動員與生俱來在能力上就有高有低，天賦異稟者自當享有領先優勢，可是因為「無可替代」和「共同享用技術」，令到一流和二流運動員給觀眾帶來的滿足感，和隨之而來的收入差距不成比例。到了現在，這個差距，更受個人電腦、互聯網和社交媒體的催化，令美斯和C朗拿度等天之驕子，所能「捕獲」到的超豪待遇，與前人相比，顯得更誇張、更似「通吃」。

　　要理解「贏家通吃」如何愈演愈烈，這得從我們日常生活中習以為常的「默認選項」（Default）説起。

　　我們從小為了方便理解自己和身處的群體（班級、社區、國家或種族等）之間的關係，習慣了在相關的群體中，找出平均值（Average）作為一個量度的尺，並假設（甚至是「相信」）那個平均值應該是個佔大多數、具代表性的數值。平均值以外的，尤其是極大或極小的，都應該只佔極少數，如是者，我們的潛意識裏，自自然然地會默認了一個「常態分佈」（Normal Distribution）。[2]

2　常態分佈是個統計學中廣泛應用的概念，其中一個重要的基礎是「中心極限定理」（Central Limit Theorem）這個數學定理。它指出在有足夠的樣本數量、樣本本身是隨機抽樣得來、差異將互相抵銷……等等的條件下，樣本的平均值基本上會服從常態分佈。（Easley & Kleinberg, 2010: Ch 18）

圖一：常態分佈（吊鐘）圖

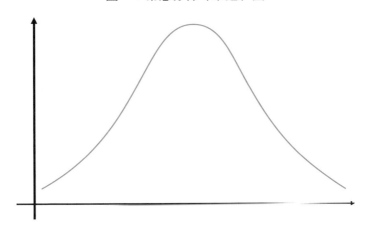

圖二：冪律分佈（L形）圖

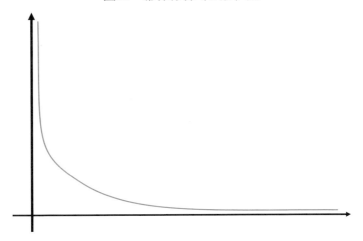

來源：作者製圖

⚽ 高富姚明和常態分佈

　　常態分佈是一個像吊鐘形狀的分佈圖（圖一），這個圖最重要的地方，是中間的平均值，由於該平均值出現次數最多，成為吊鐘的頂部；而由中間的平均值向外（向左或向右）推移，愈大或愈小的數值，出現的機會率就呈「斷崖式下跌」，成為吊鐘左右向下急墜的曲線。[4] 這種吊鐘形的分佈，在考試成績、人口普查中的統計數字，如身高和體重等方面，都大致適用。

　　以我們熟悉的籃球巨人姚明為例。[5] 在一個人數足夠多的群組中，平均的身高是 1.70 米，當身高 2.29 米的籃球員姚明突然走進來，組內整體平均值不錯會被拉高，但由於本來的基數大，平均值就算被調整後也不過是 1.74 米，沒差多少。這例子說明在身高上，平均值、極端值和常態分佈之間的關係。

　　上述以姚明的身高，説明常態分佈的適用性，但若換以收入呢？那就乖乖不得了！姚明的收入，遠遠的把中國其

4　「斷崖式下跌」只是個形象化的用詞，較清楚的表達是「指數式的下跌」（exponential decay）；而在常態分佈中，約 95% 的分佈（即大多數的數值），會在中間平均值的 1.96 個「標準差」之內（即會接近平均值）。也參考 Taleb (2007:234)。

5　故事來自台灣的風險投資大師、科技企業的推手、作家和教育家李開復（2015 年 8 月 4 日）

他職業籃球員的收入甩到後面去，平均值在數學上不錯仍然可以拉出來，但現實上，群組內大部分的財富都是姚明的，其他人只是個「零頭」，平均值對他們毫無意義。[6]

⚽ 冪律分佈：小概率事件的顛覆性

這種非常態分佈的例子，英文叫 Power Law，即「次方定律／冪定律」（冪粵音覓），而其分佈就是冪律分佈。冪律分佈（圖二）是一種極端不平均、「富者愈富」，呈「L」形分佈的圖表，反映了「極端值」的出現率，遠高於在常態分佈下小概率事件應該出現的次數。

這些大數值、極端值事件，又被稱為「黑天鵝」──被認為不存在的黑色天鵝，只要找到一隻，就有顛覆一個體系的力量。[7]出現次數眾多、大概率的「小事件」變得不太重要，只有那幾件出現次數不算太少的「極端事件」才是重要的；平均值沒有太大意義，因為已經沒有預測性；多取幾個樣本，不會使整體趨向平均，反會令分歧更明顯。

6　李開復（以致許多在論述常態分佈和冪律分佈的分野之中），以（姚明的）身高說明常態分佈後，都喜以（例如）比爾蓋茨的身家財富來解釋冪律分佈。

7　「黑天鵝事件／難題」遠自希臘的哲學討論便已存在；近年又由於流行作品、社會現象學作者 Nassim Taleb 出色的論述（Taleb，2007），這隻「黑天鵝」又重新流行起來。

　　除了球星收入的極端程度之外，社會上經濟體之間的關係網絡，如風險投資的集中回報、[8] 商場博弈上壟斷者的橫行無忌、和以人與人之間的社交關係，或因聚集效應而產生的病毒感染，都會出現冪律分佈圖。[9]

　　冪律分佈適用於相關度高（或者說是流行程度相關）、動態且較複雜的事件或趨勢，如商場博弈（80 / 20 法則）、人際網絡（網絡紅人）、收入分配（貧富不均）、城市稠密度（超級大城市的出現）、網站的連結度（超大型熱門網站）、暢銷書的銷量、和戰爭之中的傷亡數字等領域。[10]

8　Theil (2014: 82-92) 以商業上的 80/20 和風險投資回報來解釋冪律分佈的廣泛存在。

9　2020 年的新冠肺炎，也被指是跟從一個指數級的系數複製。（Grant Sanderson 2020）

10　Easley & Kleinberg (2010: Ch 18) 以「富者愈富」（Rich-Get-Richer）來形容冪律分佈；Krueger (2019) 指 80/20 為冪律分佈的一例；李開復（2015 年 8 月 4 日）；Mauboussin (2012: 117)。

體壇
富者愈富

在體壇，富者愈富雖然不是新鮮事，但近年卻是愈演愈烈；究竟運動員收入的差距有多大，超級巨星與一般運動員的工資分佈是怎樣的呢？

以下兩圖是根據專家情報而製作的工資龍虎榜，包含世界體壇中各個主要的職業聯賽，有足球、籃球、美足、棒球、冰上棍球和板球，按地域區分就有美國的職業美足（NFL）、美籃（NBA）、美棒（MLB）和美冰（NHL），歐洲的英超、德甲、西甲、意甲和法甲，和亞洲的印度板球、日本的 J-L 和內地的中超等，共 18 個聯賽和 350 支球隊。[1] 圖一是按 350 支隊伍各隊的平均工資排列。此圖中，冪律分佈的端倪已見。

1　這榜的「工資」指稅前工資，只計算第一梯隊（人數按各隊官方公布的一隊數目不一，足球隊由 20 至 30 人不等，籃球約 15 人），不含會變動的收入（如按成績、入球或其他指標而計算的），也不含廣告或肖像權收入。Sporting Intelligence（December 2019:8）

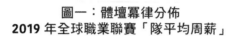

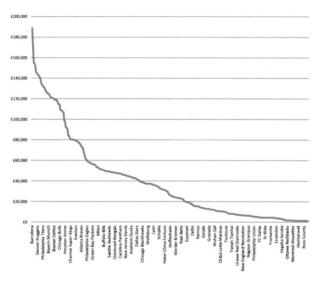

圖一：體壇冪律分佈
2019 年全球職業聯賽「隊平均周薪」

資料來源：修改自 Sporting Intelligence（December 2019），
圖中數字是每周工資，即以年薪除以 52 周。

　　可能是由於私隱或者是要收費的關係，專家公開發布的數據是沒有顯示個人工資的，為此我們打了個「擦邊球」，把美斯和 C 朗拿度二者的數字「硬塞」進去，成為圖二。美斯及 C 朗這對絕代雙驕，幾乎囊括了近十年的世界足球先生獎項，別人只能瞠乎其後。以美斯為例，這位天皇巨星當年（2018-19 賽季）拿 5,000 萬英鎊基本工資；而球會財務報表披露，第一梯隊 23 人的總基本工資是 2.3 億英鎊，平均計每人是 1,000 萬鎊。但當扣除美斯的 5,000 萬鎊後，22 個一隊球員的平均工資「只有」820 萬鎊。即是說，其實大部分一隊球員，年工資低於平均工資，超高薪球員工

資愈高，其他一隊球員的工資就愈低，把冪律分佈的真相揭露出來。

⚽ 冪律分佈是「贏開有條路」

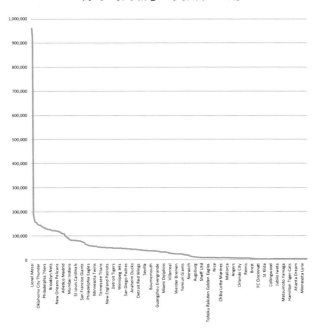

圖二：**2019 年全球職業聯賽「隊平均周薪」+ 美斯和 C 朗**

資料來源：修改自 Sporting Intelligence（December 2019），圖中數字是每周工資，即以年薪除以 52 周。

　　冪律分佈所折射的贏家通吃現象，其實有點像俗語所謂的「贏開有條路」（Path Dependence）。[2] 在這個視角之下，一個長跑比賽是由多個短跑比賽所組成的，當中的關鍵是前一個短跑和下一個短跑，賽道（Paths）之間原來是有依賴性的（Dependent），有記憶似的，前面的比賽誰要是贏了，會把「記憶」帶到下一個比賽，前面的小勝仗會為贏家製造一個小的優勢。這條「積短成長」的跑道，對贏家而言，是愈來愈寬順，而對輸家而言，前路卻是愈來愈狹隘。

　　因此，用「富者愈富」來形容冪律分佈，似乎挺適合的。足球員（比利、美斯、C 朗拿度）、籃球員（姚明）在身高、速度、技術，與平均的球員雖有差異，但由於受客觀規律的約束，差異大致上服從常態分佈，超極端值出現的機會率（例如，足球員個人在一場球賽中射入十球），微乎其微。可是，他們之間的收入差距，卻服從冪律分佈，極端值（如平均值的十倍或更多）出現的機會率，遠遠高於如果收入是服從常態分佈時的情況。

　　前文提及的電影《星夢情深》，片中由 Gaga 飾演的女主角，由一個餐廳服務員，搖身一變成為樂壇的超級巨星，但卻由此間接逼死一手捧紅她、音樂製作人兼二流歌

────────────

2　「Path Dependence」這個作為社會科學和經濟學的用語，一般中譯為「路徑依賴」，這裏以俗語「贏開有條路」作為其中的一個解讀的方法，取其娛樂性和草根性。

手、帥哥男朋友。

　　超級巨星和流星，那怕曾愛得轟烈，原來還是有一道
難以逾越，甚至是生死相隔的鴻溝！

「我們」的
超級巨星

　　網絡世界的降臨和生活上的泛社交媒體化，令超級巨星贏得更「離行離迾」、更接近「一注獨贏」，冪律分佈顛覆了社會上許多的默認選項；而「我們」有多重身分，當中作為裁判官的身分也許是最重要的。

⚽ 複製的力量

　　巨星，是我們作為粉絲每天上網搜尋和關注的熱點，巨星的熱度是網絡研究裏一個重要的案例，因為熱門網站和社交平台專頁（巨星版本）的出現是否有迹可尋，極有商業價值。

　　一個以互聯網連結（Links）來衡量流行程度（Popularity）的研究指，在浩瀚的互聯網世界裏，網站相互連結，乃跟從冪律分佈而不是常態分佈，有極多外部連結的

極熱門網頁出現的機會，遠高於常態分佈對這些極端值出現的預測。[1]

　　焦點巨星或極熱門的大型網站之所以愈演愈烈，也許是「我們」愛好「複製」（Copy）、重視「反饋」（Feedback）。該研究發現，在互聯網繁衍的過程中，網站要做大就要建立連結，方法有二：一為連結一個個已存在的網頁，其二為複製其他網頁已有的連結。實證發現，大部分網站選擇了第二個方法，而這行為的意義，在於我們撇下個別的網站，卻把其已有的連結和反饋，照單全收。用「人話」來說，是「我們」願意拷貝、愛走捷徑，使重複的連結愈來愈多，最終結果便是，「複製反饋」令一開始只有少許熱度的網頁，連上愈來愈多的「結」，最終成為超大型的網站。

⊛ 巨星成就　我們說了算

　　超級巨星是「成就」的代名詞。成就有兩方面，分別是內在的和外在的。內在的成就，由個人自己釐定，是個人實現自我升華的里程碑，如碧咸自發在每天大隊訓練結束後，他單獨向掛上車胎的球門練習射門；伊巴在膝關節重創

1　根據 Easley & Kleinberg (2010: Ch 18)，研究員指實證上 $1/k^2$ 是大量連結的網站出現的機會率，以一個有一千條（k =1000）對外連結的中等熱門網站為例，這個網頁就有一百萬分之一的機會出現，對比常態分佈下，該網站出現的機會是極渺小，因為該機會率服從的函數次方是 1024 自乘 100 次！據此研究，Krueger (2019) 揭開荷里活搖滾巨星炙手可熱之謎。

後，刻意要求在上身做地獄訓練；或業餘足球員要求自己每次比賽跑多少步哩等，這都是內在成就推動的行為。內在成就真實存在，卻因人而異，難以量度。

與此不同，外在成就是個人（球員）對群體（球隊）的貢獻或比較成績，是集體性的。在這視角下，超級巨星是什麼？是協助球隊奪得三屆世界盃的功臣、破門無數的神射手、以一敵百的中堅鐵衛，是球會班主願意寫巨額支票的寵兒，是廣告商出天價贊助的吸金之王，是 IG 和 facebook 上追隨者成千上萬的風頭躉，這些巨星都有一個共通點，那就是他／她們的成就是相對於一個共同體的。

內在指標指你腳法好、天分高，是個人成績，但如果你不能為球隊取得勝利（或阻止失球），沒有班主願意出高薪厚祿，吸引不到品牌贊助，並無粉絲追蹤，那你個人的成績就未能轉化為外在成就。[2] 所以，成就不只是「你」一個人的事，還是「我們」的，是一個群體共享的意念建構，我們每一個人有份定義「你」的成就。

今日超級巨星的成就比過去的巨大（見 117 頁圖），是因為「我們」，因為我們複製和反饋的速度，在今日網絡和社交媒體的「tag」、「like」和其背後的演算法之下，接近無限。

2　Barabási (2018)，成就（success）除了有內在和外在的二分法外，內在成就當中又包含成績（performance），那是腳法好不一定有成就之意。

超級巨星的流行程度進化圖

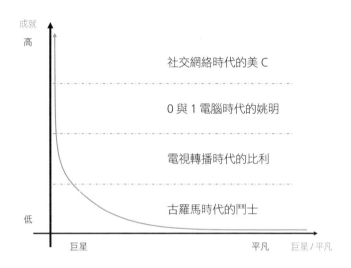

來源：作者製圖

　　巨星是「我們」的，我們真實的人際網絡和虛擬的數碼網絡，也許才是決定巨星成就的裁判官。

佐治貝斯
波牛蛻變巨星始祖

　　佐治 · 貝斯（George Best，1946-2005）的傳奇故事，在他僅十年的足球生涯結束後，並未戛然而止，甚至在他離世後，其故事仍然不斷地發酵。2017 年，BBC 的著名傳記系列為他製作了一個「定義性」的紀錄片，名為 *George Best：All by Himself*（《貝斯的自我》）[1]；2018 年英國電視頻道《歷史：足球》之中，選舉有史以來最佳的足球員，結果是，貝斯第四，是英倫三島的第一人。[2]

　　貝斯 15 歲出道、17 歲成為職業球員，馬上成為封面人物。上述紀錄片中，不少他的入球鏡頭，就算是以今日的角度，仍然覺得神奇，包括他在 1966 年的歐洲盃（即今日的歐聯），曼聯對葡萄牙賓菲加的 8 強賽事中，他單天保至

1　Gordon (2017)

2　The Independent (27 May 2018)，選舉的其他結果為：比利第一、美斯第二、C 朗第三和馬勒當拿第五等。

尊，個人頭頂腳踢、梅開二度的兩個入球，便被電影旁白形容為「定義性」的時刻。而且冥冥之中似有天意，他竟在兩年後的 1968 年，在本土的溫布萊球場上，打出一場力拔山河之仗，令他年紀輕輕僅 22 歲，便獲得歐洲金靴獎。當時他那在加時 3 分鐘時段的入球，在扭動蛇腰、接連騙過後衛和龍門之後、瀟瀟灑灑地讓皮球「慢流尾袋」，直讓有外號「黑豹」尤西比奧（Eusebio）在陣的賓菲加，有如泄氣皮球。不過，1968 年已是貝斯足球生涯的頂峰，此後只有令人惋惜的縱慾和自我毀滅的酒醉。72 年，他第一次宣布退役，當時才 26 歲。

貝斯的故事雖然令人唏噓，但從「超級巨星經濟學」的視角看，倒有幾個重要的解讀：

⚽ 腳下功夫反映社會經濟

貝斯是無師自通的天才，加上當代社會環境的條件推導，他的「爆紅」，在今日看來，就算斥巨資請名師和讀名校，都可能再難以複製。貝斯在訪問中說，他和當地的小朋友一樣，因為家境貧困，沒啥娛樂，足球是最好的、也是唯一的避難所，每天他們都風雨不改、全心全意的等下課後這數小時踢球。當年無論是貝爾法斯特還是曼市，城市風貌樸素，足球毫無疑問是當代勞動階層的天堂。相比今日，無論

是成人或者小朋友，娛樂選擇都太多了。

　　貝斯 15 歲少年不知愁滋味，膽粗粗和友人結伴，坐數小時火車和飛機，跑到巨型班紅魔鬼的青訓班試腳，目睹對手「牛高馬大」，換了是今日擁有太多選擇的小朋友很可能一早就打了退堂鼓。其實瘦削單薄的貝斯，從小就是在街頭巷尾踢混齡戰，不是今日足球學校裏慣常的分齡訓練，練得一身過關斬將的功夫，在鏡頭前，只見他往往於千鈞一髮之間，像在剃刀邊上擦過的喉嚨，又似是驚濤駭浪裏的一葉輕舟。

⚽ 「波牛」成流行文化超級巨星

　　貝斯最特別的地方，是第一個把足球員，推高至媲美流行文化超級巨星的級數。[3]貝斯竄紅於 1966-68 年，正好是「披頭四」風靡歐美、風華正茂的年代。好個貝斯，只以「7 號」球員的身分，也不需要什麼萬人空巷的選秀賽、毋須問准經理人，66 年憑隻「腿」在歐洲打垮對手之後，回程下機時，只戴上一頂白底花邊的墨西哥大帽，配上懶洋洋的笑容，隔天的報紙頭版，便以「El Beatle」（那個披頭四）來形容貝斯，並推舉他成為「披頭五」（The Fifth Beatle）。

3　前面博弈論裏提過（頁 59）、同時兼任西班牙球隊畢爾包的顧問 Ignacio Palacios-Huerta (2014:89)。

貝斯一下子像「龍捲風」般[4]，旋風式地俘虜海量粉絲，成為流行巨星，與他的名字並列的，不再只是球星，更包括如美國滾石樂隊（Rolling Stone）及貓王皮禮士利（Elvis Presley）等當時得令的天皇巨星。貝斯的影響力，跳出了勞動階層和體壇，俘虜自詡為嬉皮士的中產，成為了第一個令女士「神魂顛倒怨」、令男士「羨慕嫉妒恨」的跨界巨星。

貝斯因而成為第一個真正能把運動明星個人品牌商業化的人，紀錄片丟下這樣的一句：「碧咸應該好好的感謝貝斯才對。」貝斯從葡萄牙回國之後，廣告代言合約便紛至沓來，與運動有關的如波鞋、無關的如雞蛋、零食、罐頭牛肉、酒、鬚刨、撲克牌及汽車等，雖或不比今日的萬人迷，但卻是這些新貴的開山祖師。

⚽ 國際巨星無遠弗屆的魅力

貝斯的魅力，不只是在英國和歐洲，他還是第一代國際球星，飛越大西洋，登陸美國這個世界體育和娛樂業第一大舞台的人。貝斯是在多番令人忍俊不禁的「掛靴」之後，為生計、為逃避「狗仔隊」才遠赴美國；但以他 31 歲之年落班美職足球，比較起比利（35 歲）、告魯夫（Johan

---

4　賓菲加好幾個後衛，就是用「龍捲風」來形容貝斯在對賽賓菲加那兩場對決時攝人心靈的魔力。The George Best Hotel (20 October 2018)

Cruyff，31 歲）、碧根鮑華（Frank Beckenbauer，38 歲）等
人的平均年齡，貝斯仍算是在當打之年出征的。他像浪子般
空降洛杉磯、佛羅里達和加州灣區聖荷西等地的球會，而在
聖荷西的一個入球，還被選為「Budweiser 年度金球」——
那 1981 年的入球，只見貝斯在半場白界線起動，左右擺
動，一共扭過 5 個敵人，在守門員撲至前一腳抽射入網，
成為不少網迷的「貝斯之最」（Best of Best）。

　　晚年貝斯的魅力雖減，但吸引力仍無遠弗屆。1982 年
他因為失婚之痛，有股速離傷心地的想法。剛好在經濟起
飛、亞洲四小龍之一的香港，有「世界上首位女班主」、人
稱「琴姐」的陳瑤琴。據報琴姐是自掏腰包，請得貝斯來港
效力海蜂和流浪，並踢了 3 場比賽。[5]

　　貝斯在 2005 年（59 歲），結束晚年與肝病的經年作
戰，撒手人寰。但貝斯迷人的風采，開啟了他身後一浪接一
浪、超級巨星經濟學的年代。

球王美斯
射入 12 碼都要靠運氣？

　　球王美斯的腳下功夫和盤扭射門猶如魔法大師，他的絕技，乃在人馬雜沓的敵陣之中，穿花蝴蝶，如履薄冰，從不可思議的角度，製造刁鑽古怪的入球。然而，他射 12 碼的成功率，比一般職業球員的平均成功率，高不了多少。12 碼，正好是見證運氣是如何對技藝施予干涉。

　　為了讓大家有更直觀的了解，我們用足球籃球對比。在足球比賽中，皮球長時間在草坪上滾動，要和草皮、泥沙和風雨交叉磨擦；而在籃球賽事中，籃球處於備有空調的室內環境，並在平坦的人造地板上瞬間拍彈。足球，似乎相對上面對較多外在的環境因素影響。

　　再以籃球和足球的定點罰球作對比。請你閉上眼睛，腦內投影出你心儀的籃球明星，試想那高人一等的籃球巨星，在罰球點平穩地立定身子，拍幾拍籃球，然後把目光

鎖定在眼前籃板中的籃圈，然後吸口氣，不緩不急地舉起手，讓籃球在手心停留片刻，掌心與籃球的接觸面不太多、亦不太少，而隨着手腕手臂的揮動，皮球被輕輕地推向籃板，脫離最後一根手指之後，深啡紅色的籃球沿着那鵝蛋型的拋物線，飛向籃板，中間沒有任何物理上的干擾，只有場館內鴉雀無聲的凝望，秒針滴答一格，然後是「束」的一聲，皮球穿過那本來安安靜靜、紋風不動的籃網。

現在請喝一口開水，回來後請繼續閉起雙眼，想像美斯射 12 碼罰球。你「見」到美斯要擺好皮球在那 12 碼點上，為了讓皮球能在凹凸不平的草坪上穩定下來，要用左腳在草地上輕踩幾下，自製一個小土窩，讓球體固定在草坪上。放好皮球之後，美斯站直身子，向後倒退幾步，才舒了口氣。

這時，他的眼睛卻未有鎖在球門上，因為他不想讓守門員猜到他將往哪裏射球。守門員，正是皮球和門網之間的攪局者，他正不斷地左右搖晃，發出干擾的信號。其實美斯久經沙場，早已把球門的大小、與 12 碼點之間的距離等，深深刻在自己的各個肌肉的細胞中，就算他閉起雙眼，都可以完成那套動作，問題是，他不知道守門員會撲向哪邊，也得琢磨「當你知道我知道」這個博弈。忽然間，哨子聲響起了，美斯唯有碎步飄往皮球，右腳踩在皮球旁邊鬆散的泥巴

上，右臂向前劃了個半圓，拉弓左腳抽射，腳內側與那沉默的皮球只有那麼輕輕的一擦，皮球便彈向球門。不料守門員湊巧猜對了方向，剎那間縱身撲向那死角，以其像猿人的長臂把那急勁的皮球，拍出底線⋯⋯

這就是運氣對技藝的干擾。如果足球像籃球般沒有守門員，那麼美斯能否射入 12 碼，就會像籃球員一樣，技藝——包括眼、手、足的協調，和球員能否在壓力下保持穩定的心理質素等——佔成功入球的比重可能會較高。[1] 如果所有條件都一樣，但卻多了個守門員，那就等於在因果之間，加了一道外力，守門員的身高、反應和判斷，不是美斯可以控制的。所以，對於能否射入 12 碼，以美斯的技藝亦只能做到「在大部分情況下是可以成功的」。數據顯示，他射 12 碼的入球率約 72%（C 朗：81%），這也意味着有超過 1/4 的機會他將徒勞無功。守門員撲錯了方向，是美斯走運；撲對了，就是美斯不夠運，其他條件不變。[2]

再者，就是會否遇上一個「超級鋼門」。運氣，也有

1　根據 Beilock (2010:271)，NBA 職業籃球員的罰球成功率，50 年以來的平均是 75%; 而 Adame & Tahara (10 September, 2020) 總結，頂尖籃球員罰球的成功率是 86%-91%，第一名是史提芬 · 居里（Stephen Curry）。

2　在這情景下，美斯自己射歪了，不管是地太滑、皮球太硬、太想取死角、或太緊張，都是技術上、控制上的問題，我們不把這些算作是意外。美斯和 C 朗拿度 12 碼的生涯數據來源自 www.transfermarkt.com。

不同的程度，一個 1.7 米高、身手平凡的守門員，和一個
1.9 米高、矯若遊龍的超級鋼門，對美斯的技術所帶來的干
擾，不可同日而言。美斯要是運氣較好，遇上前者，其他條
件不變下，入球率定當較遇上一個 1.9 米高、經驗老到、彈
力驚人的守門員為高。

　　足球比賽的過程，是技藝的較量，但賽果卻充滿意外。
運氣，不論是好運，還是歹運，都是成功與否的一大元素。[3]

3　以上美斯射 12 碼、沒有守門員、有守門員和有好的守門員，啟發自
　　Mauboussin (2012) 的兩個水壺的比喻。

賭波莊家
開賠率都要
計運氣？

　　運氣，即「偶然」（Randomness）、「意外」（Accident）、「突發事件」（Chance Events），普遍存在於社會上各個領域。幸運仙子，在足球場和運動場上，到處都可見其蹤迹，近年流行大數據，讓我們更有機會捕獲芳蹤。

　　各球迷或觀察家，都會説：「吓！這有什麼稀奇，運氣當然重要，誰不知道？」可是，嘴裏説知道，只是一種理性認知的表現，近年愈來愈多研究發現，[1]人們的行為，並不一定是從（狹義上的）理性思維出發，有許多行為是以直覺上的一種感覺、一個印象、又或以經驗法則（Rule of Thumb）來驅動。即是説，在思考運氣和技藝之間的關係時，我們的大腦表面上會理性地同意運氣的重要性，但在行

1　第一部分提到的行為學家卡尼曼以「快系統」（系統 1）對比「慢系統」（系統 2），來歸納人們的兩種行為：快系統，基本上是以快速直覺、自然反應來作為行為決策的基礎，而慢系統，則是依賴細心反省、專注而緩慢的思考系統來作為決策基礎的。泰萊則以類似的「行動者」對比「計劃者」。Kahneman (2011:20)、Thaler (2014:99)。

動或決策時，卻又會不經意地，用直覺的快思，代替了細心的慢想，結果就是總以為技藝就代表一切，認為技藝（或能力）是所有成功的球員、領隊、球隊、球會（以至是社會上的組織或企業），成功的主要條件。

　　足球發燒友當然希望球賽賽果及球隊戰績，都是優勝劣敗的結果。因為只有這樣，班主才會相信只要砸大錢買下最佳球員，球隊便可拿到好成績；領隊便可以拿着過去的業績來向（新）班主談條件；經理人才可以用球星過去的入球或表現來向（新）球隊談合約；球員才會相信日以繼夜的操練會令他成就萬千……試想想，如果他們賣的是運氣，那麼還會有以上的因果關係嗎？[2]

⚽ 「運數」方程式

　　雖說賽果有幸運的成分，似是說「阿媽係女人」！光說「運氣重要」太虛無飄渺，還得說清楚是如何重要、在什麼情況下重要、對哪些人／隊伍重要，才有意義。

　　運氣有多重要？有專家認為運氣佔 50%！[3]

2　這裏並不是說精明的班主（和廣大的球迷）不知道運氣的決定性，重點是局部上的腦部認知是一回事，但現實的行為，卻反映另一面，事實上，更多的行為是以直覺驅動，以為技藝或一些過去的成功條件，是主宰未來戰果的決定，甚至是充足因子。

3　Anderson & Sally (2014: 37)

球圈中，要數與運氣打交道的專家，非足球博彩公司莫屬，以下就以他們的行為來說明運氣是何等重要。

博彩公司（或稱「莊家」），以博彩贏輸為營役，他們的格言，就是放大贏面、管理衰運。如果大家對賽事輸贏的預期一致，那就無賭可言；正正因為各人有不同預期，對賽雙方都有贏出的機會，才有對手和下注的動力。與擲硬幣不同，擲硬幣非公即字，在沒有做手腳的情況下，機會各半。可是，影響球賽贏輸的因素就有很多，球員狀態、主客戰術、球證是誰等，都會影響賽前評估，但任何一個因素，卻又不足以決定戰果，這才是足球博彩的魔力。

評估運氣如何在賭波上體現，那就得看「賠率」。贏輸因素（球員狀態、傷患），是莊家在賽前開出賠率的基礎，而賠率正是莊家對一場球賽贏輸結果的預測、用真金白銀來表達的指標。一隊球隊贏波的賠率低，說明莊家認為其勝出的機會大於輸掉。大熱勝出，可理解為大熱隊伍技術性擊倒對手，並非靠運氣；同理，冷門隊伍在賽前各項技術指標明顯落後的情況下輸掉比賽，也是正常不過的戰果，談不上什麼運氣不運氣。

但若在賠率低、贏面大的情況下，技術及條件佔優的熱門隊伍敗北，假設沒有黑幕、賽前訊息完整的話，那麼該

熱門隊伍應該是運氣奇差，才會輸掉比賽。相反，冷門隊伍爆冷勝出，大家都應該會説：「真他媽的走運！」（當然，押中了寶的賭徒，此刻會自誇眼光獨到，與幸運無關！）。如果賽前兩隊的技藝條件旗鼓相當，那麼它們的賠率應該相若，到時輸贏就得看「臨場發揮」，那就是「運氣」了。這便是賠率對運氣和賽果的啟示。

⚽ 莊家也怕輸掉運氣

　　一個有趣的研究，[4] 對多個大型賽事（包括英超、西甲、德甲、意甲和法甲），和 NBA、NFL（美式足球）、MLB（美國職棒）和德國手球等，在 2010-11 年期間 20 間博彩公司的賠率作了整理歸納，結果是：

　　平均而言，在比賽前，足球熱門隊伍的賠率中位數（median；賠率可以透過算式被轉化成百分率，100% 即被認為肯定會贏，這是方便與其他的或然率比較）只有 51.2%。若以賠率看贏面，原來莊家認為熱門隊伍就算有較佳的技術，勝出的機率也不過是稍過半數，餘下近半機率要講運氣。相較之下，美職棒球的熱門隊伍平均賠率則達 8 成。這樣看來，足球賠率如被視為勝敗機會率，那麼它較擲硬幣 50% 的機會率高出⋯⋯登登登登⋯⋯1.2%！

4　Anderson & Sally (2014:51-65)

由純技術到純運氣的項目鏈

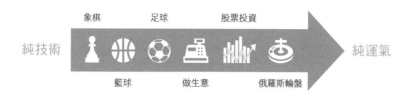

來源：啟發自 Mauboussin 2012: 90

　　同組研究還顯示，足球賽事賽前賠率顯示為熱門的隊伍，在實際球季中僅勝出 65% 的比賽。[5] 換句話說，從事後的角度看，熱門隊伍勝出的球賽不足三分二。無論是籃球、棒球還是美式足球，熱門隊伍均在球季中打贏 7 成以上賽事（籃球熱門隊伍更達 80%）。

　　這說明什麼？作為預測球賽結果專家的莊家，在對各隊伍和球員的技藝有充分了解和充足的訊息（不然莊家早就被市場淘汰），賽前對強隊所開出預視勝算的機會率只有 5 成；而從事後所見，熱門隊伍在超過三分一的賽事中會被打敗。[6,7]

5　而另個相關但從英足 1888 年、美職棒 1901 年起計……綜合 300,000 場比賽的數據就顯示，賠率較低的球隊爆冷的機會為 45.2%。Anderson & Sally (2014:57)

6　來自德國慕尼黑一所大學的 Martin Lames 教授，是歐洲頂級球隊拜仁慕尼黑（Bayern Munich）的專家顧問。教授總結包括世界盃在內的超過 2,500 個入球，是否含有 6 個運氣的元素（如入球過程中是否曾擦到守衛改變方向、有否撞門柱、守門員有否碰過皮球等等）。結果是，有 44.4% 的入球，在入球的過程中，是帶有運氣的成分，即遇上改變方向或擦過門柱等等，曾獲「幸運女神」的照顧。Anderson & Sally (2014:62)

7　另一個計算，指英超約有 31% 的戰果是靠運氣，69% 靠技藝。Mauboussin (2012: 80)

運氣是留給
技術接近最好的人

美國康奈爾大學（Cornell University）經濟學家、暢銷書 *Winner takes all*（《贏家通吃》）的作者羅拔・法蘭克（Robert Frank），近作是較陰暗的 *Success and Luck*（《成功和運氣》），當中解釋了運氣在運動項目和大型的選拔賽中的影響力。

⚽ 運氣是破記錄的註腳

法蘭克以一個表，展示直至 2017 年的 8 個田徑世界紀錄之中，竟然有 7 個紀錄是在順風的情況下產生；剩下的一個，是在零風速情況下出現，意味沒有一個是在逆風的情況下產生。[1] 順風、無風或逆風，在正常情況下，應該不是任何一個運動員可以控制的吧？！

1　7 個順風的項目是：男子 100 米短跑、110 米跨欄、跳遠和三級跳，及女子的 100 米跨欄、跳遠和三級跳，零風速的項目自然是女子 100 米。Frank (2017: 64)

運氣，是不是應該加入成為奧運紀錄名冊的註腳呢？

作為涉因果分析的系統研究方法，法蘭克用模擬實驗（Simulation）進行了一個巨型新秀選拔賽。在這個猶如職場大型面試日的電腦模擬選拔賽中，[2] 贏輸只是依據選手在項目上的客觀表現，而表現只有兩個元素，技術和運氣，兩者各有由 0 至 100 的指數，技術指數低如 0 分，即該項目不在乎技術；指數高，即項目要求高技術。運氣指數同樣是由 0 至 100，如項目中的運氣成分為 0 分的話，那該項目就只看技術，不管運氣。

技術指數和運氣指數之間，沒有因果關係，因為「運氣」是外來的，本來就是無法捉摸。不過，兩者之間，卻有此消彼長的權重之分，譬如可以設技術的權重為 95%，運氣為 5%，兩者的加總是 100%。最後，勝負之間是贏家通吃，即一場比賽，只有勝和敗，勝的一方贏盡所有分數，[3] 輸家得 0 分。想一想，其實大部分體育賽事，骨子裏都是如此的安排，每次的比賽，不是只有第一名才最受注視嗎？

....

2　法蘭克在一個演講會中，比喻這個選拔（秀）賽為勞動力市場中一個大型的入職面試日。（Youtube 題為「Economist Robert Frank on "Why Luck Matters More than You Might Think"」的視頻。）

3　或者說，職位只得一個。

⚽ 技術 VS 運氣

透過這個模擬的選拔賽，[4] 研究團隊用電腦模擬出由技術和運氣不同的權重所組成的成績，進行淘汰，模擬也可以把參賽人數由 2 人增加至 100,000 人。從其中具代表性的模擬結果顯示，在一個有 1,000 人參加的選拔賽中，假如技術和運氣的權重是 95% 和 5%，那麼，最優秀、技術指標達 99.9 分（接近完美），但運氣只屬一般（運氣指標 50 分）的候選人，他 / 她的技術和運氣的合成指數是 97.4 分。[5]

可是，在前十名技術指數都達到 99 分或以上的優秀選手（包括達 99.9 的那個最優選手），當中運氣最佳的選手，我們預期他 / 她的幸運指數有 90.9。[6] 那麼，同樣在 95% / 5% 的權重下，這個「技術不錯，且非常幸運」的選手，其技術和運氣的合成指數則達 98.6，[7] 剛好足以打敗上述那個「技術最好、運氣一般」的選手。

如果從另一個或更接近現實的模擬來看（見圖一和圖

4　把這個模擬選拔賽，想像為近年各地媒體上流行的「新星選秀賽」，亦未嘗不可。

5　$0.95*99.9 + 0.05*50.0 = 97.4$

6　$100*(10/11)=90.9$；平均而言，在某個參賽群組的人數 N 之中，最優或最幸運者的平均指數是 $100*〔N/(N+1)〕$。

7　$0.95*99.0 + 0.05*90.9 = 98.6$

二），在一個有 100,000 人參加的比賽中，假設運氣的權重下調至只有 2%，98% 的權重是技術，模擬的結果就會發現，比賽最後的贏家，平均具有 90.23 分的運氣指數，即是說贏家是個技術好的幸運兒，而參賽人數愈多，最後能勝出比賽的贏家，他／她的運氣指數亦愈高。此外，在這個前提下（即運氣權重的 2%、10 萬人比拼），在各輪的選拔賽之中，約有 78.1% 的贏家，他／她們擁有的技術指標，與同一輪的同儕相比，並不是最高的，換句話說，超過四分之三的贏家，「只」是仗着較佳的運氣，在該一輪選拔比賽中，打敗了技術指數比他／她們為高的對手。[8]

圖一：贏家的平均運氣指數

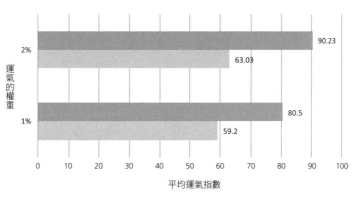

資料來源：取材自 Frank, 2017: 156-7

8　以上 1,000 和 100,000 的例子，參考 Frank (2017: 65, 151-157)，Kirsch (2017:NP13)。

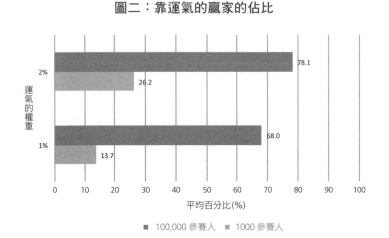

圖二：靠運氣的贏家的佔比

資料來源：取材自 Frank, 2017: 156-7

⚽ 冥冥中自有天意

這些數字背後，有什麼邏輯和機理（Mechanism）的呢？

直觀上的解釋是，第一，就算運氣佔輸贏的成分甚低（如 2%），但運氣就是運氣，「她」的分佈無從預測，誰走運，誰倒霉，誰都不能預先知道，所以在賽前，就算是技術上的強者，他／她的運氣，平均而言，不會比別人多，因此運氣指數預設為 50。對所有人而言，運數有可能是個助手，亦可能是個刺客！

　　第二，如果參賽選手人數有夠多的話，那麼決勝之際，難免會有多個技術同樣出眾、水平同樣接近完美的高手同場競技，而在眾多高手之中，又難免會出現一個福星高照的高手。因此，在大型的選拔賽中，幾乎一定會有那麼的一個他／她，有能力與賽事中技術造詣最高的對手打得不相上下，但即使他／她在技術上只差那麼的一點點，但卻往往因為獲得幸運之神的特別眷顧，勝出比賽。[9]冥冥中也許自有天意。

　　這個說法，與我們平常說的「運氣是留給準備得最好的人」有點差異。「留給準備得最好的人」，可以解讀為「留給技術最好、時刻鍛煉、最蓄勢待發的人」。而現在我們「只是」修正這個說法，指出運氣應該是留給裝備好自己、「技術接近最好」的人，讓他／她就算不是最好、不是最優，也可打敗在前面那個相距只有半步之遙的最佳運動員。

　　像洋蔥皮，當它一片一片的被剝下來之後，是會刺眼的。贏家不一定是「最有」天賦、最努力的球員，不一定是戰術最好的球隊，和不一定是最懂經營之道的班主。高手過招，只要勝負的關鍵帶有運氣的成分（而運氣幾乎是無處不

9　Frank (2017:66)。意大利數學團隊，從稍為不同的前提出發，「首次以量化的方法」，證明選秀過程中，最有天賦者（most talented）幾乎從來都不是成就最高者，最成功的，往往是「只有平均的天分，但較幸運者」。Pluchino et al. (2018)

在），那麼贏家一定要是最行運的那一條龍。

　　富者愈富，如果是因為強者愈強，也許還可以接受，但如果成就是因為運氣的話，那麼超級巨星的贏家通吃還是否說得過去呢？

幸運是我

　　初中時，我曾經參加一個足球隊的選拔賽，球隊的贊助商是當時一個海外體育品牌 P。那年頭，我家住在一個新區的屋邨，沒有球場設施。我在街上認識了幾個鄰居小朋友，下課後大家總會到邨後的空地玩樂。不知是誰靈機一動，抓幾片木頭充當龍門，以書包為邊界，廢墟變球場，幾個街童，從此就在那裏天天的蠻踢，從傍晚踢到晚飯前，有時還得由各人的老媽扭住耳朵回家。

　　當時的小朋友中有個叫阿全（化名），是我的好朋友，咱倆有時雙劍合璧，但大部分時間是旗鼓相當的對手。那時每次猜拳分隊，不論誰猜贏了，第一時間不是選阿全，就是選我。我比他高幾公分，他身體比較粗壯；我的球路縱橫捭闔，阿全則靈活刁鑽，各有千秋。而這伙屋邨街童，偶然也會去區內較正規的運動場見識一下，即興上場「跟隊」，與地頭龍切磋比賽，而由於我們平日踢的是自己劃的小球

場，整體上就是一盤散沙，通常都是鎩羽而歸。不過，少年不識愁滋味，也沒當一回事。

後來有人出主意，叫大家找正規的青年軍報名。大家一聽之下，都覺得蠻有道理。剛好 P 隊伍徵召青年軍，於是大家便急不及待去報名。到了選拔的那一個下午，大伙兒戰戰兢兢的去到一個大型的、有場館座位的草地球場參加選拔。我們「鄉下仔出城」，原來選拔有幾個環節，過了一關，才有下一關。最後我們這群人中，只有阿全和我能進入最後階段分組賽。分組對賽，我和阿全被編在同一隊，我是後衛，他是中場，其他隊員我們一概不識。我們糊里糊塗上了戰場。大家猜結果怎樣？

選拔的結果是，我倆都入選，但我去了 1 隊正隊，而阿全去了 2 隊的副隊。

⚽ 成功與運氣

當時我就想，我們是同一條邨出來的，群裏都是不相伯仲。在選拔日的分組賽中，由於兩隊都是由參選者臨場湊合成軍，球來球往，談不上什麼組織和戰術，壓根兒就是在打盲拳。我自覺當日自己的表現不錯，一開始有幾個球不知怎的落在我腳下，我緊緊張張地使勁把球往前踢，有的落在

自己隊友腳下,有的卻不知所蹤。阿全當日司職中場,極力「掃盪」和分派,我還依稀記得他有一記巧妙的射門。

但結果卻是,我上 1 隊,他去 2 隊,兄弟倆從此便各走各路,我後來還當上了隊長,算是主力之一;而阿全卻愈踢愈沉,後來還離開了球隊,銷聲匿迹。兩個水平本來相若的小朋友,卻在「大浪淘沙」的一個選拔賽當中,迷迷糊糊地「被」分了個高下,從此,走了兩條完全不一樣的足球路。

這種記敘的視角,一般是不會在人們的敘事和回顧當中出現。不少行為學家和社會學家紛紛指出,人們因為有「事後孔明的偏見」(Hindsight Bias)或「自我欣慰」,往往會認為「成功非僥倖」──今日的成就,正是我們優越的天才,和後天一點一滴的努力之所致。這種事後解釋,一般亦被商業社會認可,各商學院的企業案例和暢銷書中的長青企業,大部分都是在事業有成的基礎上找答案。全球最大的私募基金黑石(Blackstone),其始創人兼主席蘇世民(Stephen Schwarzman),在他 2019 年出版的自傳中劈頭的第一句話,就是「最成功的行政總裁都是靠後天,而非天生的(The best executives are made, not born)。他們吸收資訊,不斷從過錯中學習和成長⋯⋯」

「成功靠苦幹」是真理，還是自我欣慰？我搞不懂，反正，那一個下午，幸運是我！這讓我想起歌手 Rod Stewart 的歌曲 *Some Guys Have All the Luck*（《有些混蛋就是好運》）：

Some guys have all the luck,

Some guys get all the breaks……

電腦程式充當球賽「運氣照妖鏡」

　　成功人士事業有成後，事後孔明，多半會指成功非僥倖，是天才、智慧、努力、冒險精神⋯⋯的結晶，很少會說贏是靠運氣的，但我們是否能驗證成功非／乃僥倖呢？

　　要講清楚成功到底有幾分要靠運氣，着實不易。但如果我們把足球競技，看成是複雜的社會生態縮影，那麼倫敦政治經濟學院（LSE）的教授團，可能為此提供了一個有趣的線索。

⚽ 以球賽「運氣指數」運算

　　Tom Curran 是該學院的一位心理和行為科學教授，他的團隊與 ESPN 及賭波公司合作，推出一個「運氣指數」，給英超每場賽事設「運氣照妖鏡」般的運算。這個運算，結合了統計學、計量學、自然科學等多個範疇，聚焦近兩屆的

英超，每季 380 場的比賽，重新鑑別。他們從約 1,000 組鏡頭，挑選了 151 個作為獨立的分析樣本，並由合資格的球證再重新判別一次。

當中，被判定為帶有運氣成分的有 9 大條件：

1.　不該給予，但最終獲判為有效的入球。
2.　應該給予，但最終不獲判有效的「假」入球。
3.　不該判罰，但判罰了、且射入了的 12 碼入球。
4.　不該判罰，但判罰了、且射入了的自由球入球。
5.　應該判罰，但卻沒有給予的 12 碼。
6.　不該判的紅牌。
7.　應該是黃牌的紅牌。
8.　補時階段的入球。
9.　射程中，因觸碰而改變方向的入球。

從以上 9 個角度，裁判重新剔出帶有幸運或夕運的入球為無效入球。下一步，研究員把每一場帶有問題球的比賽，丟進電腦，經由數學程式，在控制或排除一些干擾的因素（即事件發生的時間、12 碼的命中率、紅牌的影響系數）後，由一些決勝因子，如隊伍的強弱、近況、和主客場的優劣勢等等，模擬出新的賽果，而且是以 1 比 10 萬的比例（即每 1 場有問題球的比賽，模擬 10 萬個新的賽果），然後把那 10 萬個結果的中間數（Median），視為排除運氣後的

「真正」賽果。

⚽ 模擬重賽推算「真」賽果

這一步──即把有問題球的比賽，重新模擬，「搞」個重賽，即「如果 X 因子（例如運氣），沒有出現的話，便是『真正』的結局」，是我們思考任何因果關係的重要，甚至是必要的元素。

如果你聽到有球評家說「運氣」是這場球賽的勝負關鍵，你可以理解他／她的意思為：「如果『運氣』不出現的話，這場比賽的戰局便要改寫。」正如說，美斯是巴塞隆拿近十年燈火鼎盛的主因，你可以理解為，如果巴塞隆拿沒有美斯，那麼這十年的成績應該大為遜色，「應該」兩個字背後的含義，是把「有美斯的巴塞」和「沒有美斯的巴塞」，在同一個十年、同一些比賽上的戰果拉出來作比較，兩組數據唯一的分別是有沒有美斯。

在社會的現象中，如果要找尋成功的元素，不管是運氣還是技藝，我們都很難「蓋棺定論」。歸根到底，是很難找到「如果 X 沒有出現，便是『真正』的結果」，因為同一段歷史是不會「回帶」、沒法子「重新再來」。

但是，如以足球比賽作為我們行為的簡約版，由於規則清晰，只要人腳和客觀條件定了，已知的勝敗因子是可以列出來的。比如，我們從回歸數據知道工資決定成敗約佔a%，亦知道主客的優劣勢等等，把多個因素、強弱指標加進運算，用算法來決勝，作為一個可信性高的「反事實」的模擬。因此，程式可以計算出由純技藝（球員的條件、佈陣的考量、臨場的調配……），所產生的『真正』賽果。這便是研究人員大費周章，搞1比10萬場重賽背後的原因。

⚽ 運氣值千金

讓我們看看運氣如何影響聯賽榜。以2018-19季度來說，兩匹「頭馬」曼城和利物浦贏得離行離迾，而「真正」的賽果顯示，冠軍隊曼城其實沒有得到幸運女神的特別眷顧，反而被「歹運」奪去3分，因此曼城該季「真正」的分數，應該是101分而不是98分。以這個總分計，其實比此前一季的歷史紀錄，還再多一分。即是說，曼城被奪去刷新歷史紀錄的機會。

倒是第7名的愛華頓，由於被歹運影響，「真正」分數應該比實際分數高8分，加上曼聯走運，「真正」分數應比實際分數要少4分。根據這個運氣指數，2019-20賽季直接出戰歐霸盃的，應該是「拖肥糖」而不是「紅魔鬼」。愛

華頓是該季最倒霉的球隊，倒霉指數是 20 隊之冠，其次是曼城；而最幸運的球隊（倒霉指數最低）是白禮頓，它因為「腳頭好」，多拿了 3 分，不然的話，降班的應該是白禮頓，而不是後來在英冠打得水深火熱的富咸了。

除了球隊的整體分數外，幸運指數也關乎「神射手」的排名。原來，在剔除「不當」的入球和重新模擬之下，2018-19 賽季的「真正」神射手，應該是曼城（運氣較差球隊）的阿古路（Aguero），而不是阿仙奴（運氣較好）的奧巴美揚（Aubameyang）。

英超與英冠單是電視轉播費之差，等閒就是千萬鎊的分別。從這個角度看，幸運與否，是「情與義值千金」！

步向非凡的
刻意練習

　　如本部分的緒言所説，我們將在這篇開始一齊練功，從超級巨星身上偷師，提升大家的「技藝」。談足球界的技藝，美斯與 C 朗拿度這對絕代雙驕各領風騷，美斯靈活飄忽，C 朗步大力雄；美斯喜在人叢中鑽營，以刁鑽見稱，而 C 朗則更傾向力發千鈞，一針見血。[1]

　　然而，球壇的一個共識是，美斯的技藝，天賦的成分較多，而 C 朗拿度的，來自後天的鍛煉為主。[2] 天賦，是父母所賜，是運氣的一部分，是外來的因素，自己作不了主。所以，以 C 朗的技藝作為我們的參考，更為適合。那麼，C 朗的足球是怎樣練成的？

1　兩人在不同的階段有不同的打法和喜好，而因為對手的不同，會有不同的對應和調整，以上只是一個概論，未能量化。

2　這裏不是説美斯疏於鍛煉，更不是説 C 朗沒有天分。對他倆而言，天賦和鍛煉都肯定同時存在而且都不少，我們只是指出在邊際上兩者的差異。文中「共識」：「Messi-Ronaldo debate」。

⚽ 第一條：天賦

嘿，開玩笑嗎？不是說天賦是由運氣主導的嗎？在鍛煉技藝的時候，怎麼又講起運氣來？對不起，是的。雖然說技藝是後天的，但技藝的第一條，卻是先天。神射手講是否「天生」（Natural Goal Scorer），數學講天才，就算投資家也講「脾性」[3]，也是天賦的例子。

所以，技藝的鍛煉，離不開第一條的天賦；訓練，要順水推舟，即是要找一條運氣是站在己方的路子。有些位置如射手，由包括天賦的運氣，疊加臨場對敵的不確定性，並不是技藝的培育容易產生效果、因果關係清晰的崗位。相反，中場或後衛，平均而言，透過後天科學的訓練、位置又面對較低的臨場偶然性，鍛煉更為立竿見影。所以技藝的發揮也要看位置，找對路子的話，事半功倍。

⚽ 一萬小時的殤

天賦不是決定技藝的唯一元素。在我們找到適合自己的「天資」之路、運氣至少不是逆風的前提下，以下讓我們學一下「刻意練習」（Deliberate Practice）。

3　著名投資人巴菲特（Warren Buffett）的拍檔，查理‧芒格（Charlie Munger）其中一句寶典箴言：「脾性比腦袋重要……我和巴菲特有脾性上的優勢，足以補充我們 IQ 低。」(Griffin, 2015: 107)

因「練習」而聞名的加拿大裔作家葛拉威爾（Malcolm Gladwell），以冰上曲棍球、蓋茨的成功、披頭四的流行等，提倡「一萬小時」的刻苦練習，並在暢銷書 *Outliner*《異數》）中指出，「天才不一定是最重要的，運氣 + 一萬小時的訓練才是」。[4]

有趣的是，葛氏作為敘述（Narrative）的例子或名人雖然不少，但他依據的實證科學研究，是瑞典裔美國心理學家艾瑞克森（Anders Ericsson）和他的團隊的研究結果，而艾卻很早就指出他的「刻意練習」被葛曲解。[5]

⚽ 「刻苦 + 用腦」的刻意練習

艾瑞克森指，「刻意練習」是一種特定的錘煉，帶有強烈的目的性（葛借用了）和反饋性（葛忽略了），它不只是反覆刻板有意或無意識的練習，是透過艱苦重複、有系統和目的性，最重要是有客觀、能量度的指標和可複製的樣板，需要由老師教練，甚至對手給予即時回饋，以糾正你的錯誤的一種特定訓練，從而創造性地、不間歇地推動我們

4　Gladwell (2008:35, 69-116)，葛氏雖然沒有用很準確的字眼，但如果以本書的語境來說，「一萬小時」是可以算是「必要但不一定是充足的」因子。

5　Ericsson and Pool (2016: 109-117)，當中艾氏指自己的「一萬小時」只是某幾個樣本在 20 歲剛剛好成名的巧合，和葛氏沒有分辨開一般具目的性的練習和艾氏較為獨家的「刻意練習」等。也參考陽志平（2019）。

對籃球、小提琴、數學、寫程式……的掌握和控制，使大腦和身體機能上也在不斷地在調整、彌補和優化。這才叫「刻」、「意」練習。艾氏引述這套系統，在象棋、鋼琴、籃球和的士司機等領域特別顯著。

刻意練習的意象圖

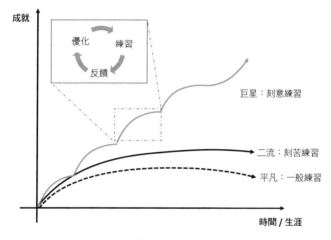

來源：啟發自 Petrosoniak et al. 2019，經作者修改

那麼，放在 C 朗和美斯的對比又是如何？刻意練習就是說我們可以向 C 朗學習，在具目的性的刻苦模仿和學習之餘，更重要的，是他可以是我們的老師（反饋性），他的訓練，科學而有迹可循，一步一個腳印，無論是身體哪一塊肌肉的操練，怎樣訓練眼、身、足的協調等，許多是可以斬開來一部分一小節來學習和訓練的。C 朗他本人當然不會跑

來當我們的私人教練，但我們卻可以從隊友，甚至與對手爭長短間應用和學習 C 朗的套路。C 朗的進步，由當初在紅魔時的花拳繡腿，到後來的風馳電掣，再到西班牙皇馬時減少了不必要的盤球，但增加了令隊友沮喪的獨食式射門，也是在我們眼前一點一滴下煉成的。

相比之下，美斯的身法行雲流水、渾然天成，別人難以分段模仿，也難以透過老師或對手的回饋來改善，在人堆之中的過關斬將，有太多的變數，難以模擬；而他從幾歲開始更是左縱右躍，19 歲便射入一記盤球越過 6 個敵人、媲美馬勒當拿的世紀金球，便是美斯他自己也難以重複，更何況其他人！

你也許討厭 C 朗，卻有機會從他的身上學到現象級的腳法。

每天一點原子任務
改變人生

「刻意練習」令我們感到欣慰的，那就是這種錘煉對精英（運動或其他界別）的幫助未必是最大，反而它對一般老百姓而言也許更為實惠。[1] 由於進步的空間較大，和反饋的機會較多——以前只有富人請得起私人教練或補習天王，只有貴族或 CEO 能僱用「總裁教官」，[2] 但現在的互聯網和社交應用程式，卻普及化了各種學習情境，平凡人於是更有可能步向非凡！

然而，刻意練習實際有多大的效果？一位曾經在棒球場上「兜頭兜面」地吃了一記「波餅」、劫後重生的詹姆斯 · 克利爾（James Clear），[3] 便給了一個數字。

1　Ericsson and Pool (2016: 250)。艾教授只提到刻意練習對治的精英人數少、受惠的普羅百姓人數多，但沒有以「超級巨星經濟學」的角度劃出刻意練習對精英和凡人的效果曲線之差，有點可惜。

2　谷歌的 CEO 等人記敘了傳奇美式足球教練 Bill Campbell 成為矽谷炙手可熱的總裁教官，以足球隊的管理心法傳授科網巨擘包括谷歌的老總。Schmidt et al (2019)

3　Clear (2018)

每天 1% 的優化

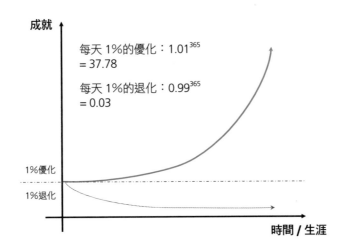

成就

每天 1%的優化：1.01^{365}
= 37.78

每天 1%的退化：0.99^{365}
= 0.03

1%優化

1%退化

時間 / 生涯

來源：Clear (2018:16)

　　當時年僅 16 歲的克利爾，重創的程度是腦積血 + 頭骨爆裂 + 呼吸停頓，休克 3 天後才可以做頭部手術。醒後的他，眼不視、鼻不嗅、行不直，對從 4 歲便夢想要當職業棒球員的他，打擊巨大，後來還被學校精英隊摒除在外。但克沒有灰心，他啟動了一個自救方程式，打從吃飯拉屎、睡覺舉重，每一個細節他都計劃下來，慢慢地，積少成多，只6 年的光景，他便由在手術牀上半死不活的狀態，蛻變成ESPN 年度全國最佳球員之一！

⊛ 原子習慣集腋成裘

　　這便是後來克利爾廣為人道的「原子習慣方程式」，顧名思義，其核心是原子，先把每個任務分解至像原子那麼小，然後把這些原子任務在大腦中刻成自動波一樣重複的習慣。透過對我們日常行為作出主動而精細的誘導或懲罰，原子方程式讓我們以微小的累積，集腋成裘，導出改變人生的行為。

　　放進我們的框架，刻意練習有兩方面，指向系統 1 和系統 2，習慣歸系統 1 管。[4] 習慣是一些已在大腦上成為了「自動波」的重複指令，是直覺和自然反應，快速和即時，是日常生活上做最多決定的套路，是上帝在設計大腦線路圖時的一個「搭線」的方法。在原子習慣方程式視角下「刻、意」練習，着重「刻」，把設計好、有意識、交織且互補的行為（擊棒球、射龍門、看棋局、念乘數表、寫電腦程式⋯⋯），包括認知和肢體活動的組件，演化成不需要現場思考的活動，使系統 1 自自然然地解決問題。

4　克利爾：「習慣的好處是我們想都不用想就辦好了事情。」(2018:239) 正是我們所描繪的系統 1。

⚽ 技藝是每天愛你多一些

　　高比·拜仁（Kobe Bryant）可以説是籃球界的 C 朗拿度，天分也許不一定是最高，但卻憑地獄式的訓練 + 切至最細微的習慣而成為超級巨星，拜仁的名句是「你見過清晨 4 點鐘的洛杉磯嗎？」，他對每天睡覺幾小時和怎樣分段、怎樣分吃 6 餐、和每天必須投籃 800 次等非常執着，是「原子習慣方程式」的最佳人辦。[5]

　　回説克利爾的數字，如果每天 1%，一年後你的進步便是 37 倍，技藝是每天愛你多一些！

5 高天佑（2020 年 1 月 29 日），Clear (n.d.)

跨能的遲來春天
更可愛

「這小子是足球天才！邊學行邊踢球……」做體育老師的媽媽是這樣説。成名之後，鏡頭前這小子與同台獻技的世界足球先生巴西人卡卡（Kaka），比賽左右腳「扚」波，毫不遜色；找他穿足球鞋拍廣告的是巨企吉列（Gillette）。[1]

原來，羅渣・費達拿（Roger Federer）除了幾乎成為職業足球員之外，他小時候還熱愛壁球、籃球……媽媽雖然是網球教練，卻從小叫他別把網球看得太重；當青年軍教練發覺小費超班，想把他升班時，他嚷着説要留班跟死黨玩；當他開始專注網球時，同齡的精英網球手早已穿梭於網球導師、體能教練、運動心理學家和營養師之中。但之後的一切已成為歷史，他是至今 20 次大滿貫冠軍的紀錄保持者；[2] 同期的球員早已退下火線，而他就在 37 / 38 歲的「高」

1　Youtube 題為「Roger Federer・Crazy Football Skill」的視頻。

2　拿度（Rafael Nadal）在 2020 年的法網奪冠，剛追平費達拿。

齡，仍勇奪 2018 年四大之一的澳網冠軍和 2019 年溫布頓
的亞軍。

⚽ 跨能或勝獨沽一味

如果老虎活士是幼早專注的成功例子，那麼費達拿就
是遲來春天成功的樣辦。在今日速食文化氾濫的社會，愈早
專注，如果又選對路子（與天賦匹配，又有運氣神助）的
話，也許會有立竿見影之效。

然而，提出「通才壓倒專才」的大衛・艾波斯坦
（David Epstein）指，不管是一萬小時，還是高階版的「刻
意練習」，只是深挖專注，而現今社會更重要的，是橫向
的「跨界能力」（Range）。[3] 活士兩歲始的專注就像一條垂
直線，由起點一直向上畫，成為英文字母「I」；可是，費達
拿的跨能是在垂直線下，加了一條橫線，成為倒轉 T 型的
「⊥」。（見 159 頁圖，右面）[4]

活士的主場是高球，與 AlphaGo 以 AI 打敗李世乭的國
際象棋，兩種場景的相似之處，是比賽規則清楚、同一套動

3　Epstein (2019)

4　特許金融分析師行業協會（CFA Institute）用「T 型」來闡釋未來金融人才
　　的技能型格，但沒有提出「倒轉 T 型」。(CFA Institute, September 2019)

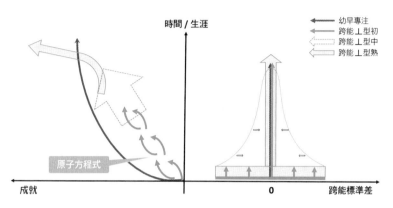

跨能⊥型與幼早專注的生涯成就比

來源：作者製圖

作和流程重複出現的次數多，因果關係清晰，訊息回饋快而準，是艾波斯坦指的「仁慈」（Kind）的環境，逆風少、重複多，故垂直的刻意練習管用。

⚽ 邪惡環境變數多　過早專注風險大

可是，在今日「邪惡」（Wicked）的環境──我們身陷的流動網絡和社交媒體世界中，遊戲規則不仔細，「龍門」常被搬動，訊息回饋滯後，因果關係不清。在幼年便專注發展，不錯可讓練習者提早開始累積「經驗」，但邪惡的環境充滿變數，站錯了隊（任何一條垂直線），而從零開始的難度很大。一個小心理遊戲，從一個小「⊥」開始，垂直線一邊加高整固，橫線同時加粗，就是中文的「凸」！

艾特別寄語港人，[5] 今日人均工齡延後的趨勢明顯，[6] 過早專注風險特大，面對超強逆向風，只有一技之長者，別無退路，跌入死胡同者居多。但跨能而「凸」者，面對邪惡的環境，谷底變通，鯉魚翻身者多；就算同樣是放棄，幼早專注者一放就棄、一棄就頹；跨能者往往能棄而不捨、捲土重來。（見 159 頁圖，左面）

費達拿從網球場退下來之後，也許到高球場上仍可有一番作為，相反，活士遲來的春天將會是什麼？

5　艾氏 2020 年 9 月在香港的投資論壇作嘉賓演講。(Epstein, 16 September 2020)

6　名作《The 100-Year Life》，由在下曾拜師的倫敦商學院的老師 Scott 與另一學人撰寫。Gratton & Scott (2016)

數碼年代的
網中人

　　硬核技術外，織網——人際網——這種軟技術同樣重要。處身數碼年代，我們似乎有很多連結，但其實致勝的關係網絡，不是唾手可得的。

　　複雜網絡專家巴拉巴西（Albert-László Barabási），發現自然界（物理、病毒、腦神經元等）的網絡科學，能解釋費達拿等網球明星的成就；透過維基百科（Wikipedia）的編輯歷史和網民訪問來量度巨星的人氣，預測是統計上顯著的。

⚽ 人際網絡「造價」

　　反映價值外，網絡還「造價」。利用大數據、網絡程式和馬爾可夫模型（Markov Models），巴氏把 35 年來 300 萬件藝術品背後超過 50 萬個藝術家的生涯成就，畫線連點地用網絡圖還原，發現當技藝的優劣不易界定時，如油畫、

工藝品、珍藏酒的優劣鮮有客觀標準,網絡就有定價權,它雖看似扁平,實際上是頑固的。一小撮最有影響力,且同氣連枝的藝廊展館,決定大部分的拍賣價;價格不在乎內在優劣,只在乎曾經在(如)MoMA 展過。[1]

⚽ 足球經紀呼風喚雨

半封閉的巨星網絡是體壇常態,而足球經紀也許是網絡裏最有影響力的交叉點,當中以葡萄牙人門德斯(Jorge Mendes)最為呼風喚雨,他是 C 朗和摩連奴的代表,近年還助上海復星集團的狼隊(Wolves)做得有聲有色。其實英超註冊球員約 550 人,每周兩次比賽,按理「筍盤」與否都在面上,哪需要經紀?然而,共有 1,800 個經紀在英超英冠裏作繭結網,不管是初出茅廬的青年軍,還是年屆垂暮的打不死,都對超級經理人趨之若鶩。[2]

巨星網,沒因 0 與 1 而沒落,對弄潮兒而言,網中人的作用更大,強如巴菲特,耳順之年仍四出公關,才認識尚在寫視窗代碼的蓋茨,鋪下至今 30 年的網絡奇緣。

---

1 Barabási (2018),Fraiberger et al. (16 November 2018),車品覺(2020 年 10 月 8 日)

2 門德斯是「球壇最有權力的人」和「世界上最好的生意人」,魯維奧和莫拉(2017);Geey (2019:57) 提供經紀數字。

巴治奧意外的
嗆咳和救贖

　　足球史上最揪心的嗆咳（Choke，指臨場失誤），[1] 是 1994 年意大利金童羅拔圖・巴治奧（Roberto Baggio）的 12 碼宴客。他的救贖，更是個傳奇。

　　當年如日方中的巴治奧，挾着應屆世界足球先生的名頭，在決賽對巴西隊的夢幻之役，雙方鏖戰 120 分鐘互交白卷，要以互射 12 碼決勝（Penalty Shootout）。巴治奧為意隊壓陣，是首輪十人中的最後一人，當時巴西領先 3：2。「當紅炸子雞」的小辮子，幾乎憑一己之力，在淘汰賽階段三場比賽裏射入意隊攻入 6 球中的 5 球，其中還有一個 12 碼，按理說由巴治奧操刀，極有把握。

1　根據 2018 年 Goal.com 選出世界盃史上十大臨場失誤。在運動科學界，「嗆咳」的定義，是在壓力下表現失準。壓力，可以是客觀環境，但更多是主觀的感知；失準，不同於表現差，失準是達不到應有的水準，是期望值以下的失手；不是偶然的波動（運氣）所致，而是對壓力的反應。(Beilock, 2010:7)

⚽ 意想不到的馬失前蹄

可是，世盃史上最落寞的一頁，竟然便是落在這個舉手投足像南歐藝術家的超級巨星的身上！當皮球越楣而去的一剎那，他失魂落魄的樣子，直把觀眾看癡了，所有人都只想上前，把這個恍似在風雨中孤零零地站在懸崖邊上虛弱疲憊的孩子一抱入懷，讓哽咽的他可以咳出那嘶啞的哀鴻悲鳴。

這記一飛沖天的 12 碼，是世盃決賽周所有互射 12 碼決勝中最「離譜」的一腳。令人難以置信的，是綜合巴治奧的職業生涯，他射 12 碼的成功率是驕人的 86%，意國無人能及。[2]

超級巨星為何會在生命中最重要的一刻馬失前蹄？我們在技藝的鍛煉當中，應如何預備？

運動心理學、認知科學、運動機能學家西恩・貝洛克

---

2 據 Opta，失球原因有二：球員射失（167 頁圖中的圓點）和守門員擋出（不在圖裏）（BBC, 1 July 2018）。「巴治奧……86%」，乃根據 Transfermarkt. com；羅馬王子法蘭斯哥・托迪（Francesco Totti）的成功率「僅」為 82%，另一位金童迪比亞路（Alessandro Del Piero）的也是較「差」的 84%。

3 貝洛克在 TED 自揭瘡疤，謂高中時她是校隊門將，當發覺國家隊的主教練原來就站在自己的龍門後，就開始嗆咳，神不守舍下接球「彈琵琶」，入國家隊之夢隨即破碎。

（Sian Beilock）[3] 經過多年的研究、包括無數的腦掃描和實驗，總結巨星嗆咳的成因和對應之道。專業運動員、音樂家、政治家、企業家在面臨極大壓力（如決賽、演奏、競選或營銷演説）時，最普遍的錯失，便是被自己的過度分析所癱瘓（Paralysis by Analysis）。

⚽ 過度分析 弄巧反拙

巨星當然都是技藝上乘之輩，所以他 / 她們的失足，不是疏於練習、沒有大賽經驗之類的「初級犯錯」；相反，對於已非常接近成功、曾過關斬將的過來人，臨門的一腳如有閃失，往往是因為「計得太多」。[4] 貝洛克的案例有高爾夫球手、美職棒球手、美式足球員、溜冰運動員和……英格蘭的 12 碼射手，他們失手的最大公因數，是臨場把自己已經訓練成自動導航的動作，刻意拆細，企圖計算每一個細節，要以最完美的姿態擊倒對手 / 完成任務。

用我們的語言來説，一套動作，由初學到高階，再到決戰前夕，是經歷了初學的仔細小步學習，當中系統 2 主導、系統 1 為輔；到渾然天成的成熟階段，卻是系統 1 主導、系統 2 退居幕後，在這刻，如果你問球王該怎樣才能

4 　貝洛克引用香港大學 Institute of Human Performance, Dr Richard Masters 關於運動員「overthink」的研究。(Beilock, 2010: 78)

把一個高難度的動作完成，他們往往會說：「我不清楚，我就是做了（Just do it）！」然而，如果在決賽時，運動員強行重新分析計算，那麼，大腦的控制權便再從系統 1 轉手至系統 2，在這情況下，一些生硬而不連貫的動作和自我懷疑的心理，許多平時不會出現的毛病，便會忽然間紛至沓來，嗆咳便是自然的結果。

　　回看巴治奧那記 12 碼，我們沒有腦掃描紀錄，但從他職業生涯的數據和自傳中可見，巴治奧式的 12 碼向來都是低腰死角，少有炮彈飛球，但在自傳中卻承認當年他臨時改變套路，妄以為「頭腦清醒……這是一個聰明的選擇」，想不到卻成為「纏繞的噩夢」。[5]

　　故事令人動容之處，是 1998 年的世界盃，他以罪人的身分被召入國家隊，淪為新金童迪比亞路的副選。在首輪意隊快將被南美智利擠出局的賽事中，他被遣上陣，完場前意隊 1：2 落後，他以經驗誘得對方在禁區內犯手球，12 碼夢魘竟然再現。聞判時，巴治奧不禁彎身低頭、雙手撐在膝蓋上，彷彿快被 4 年前嗆咳的壓力再次擊倒，同袍見狀還輕撫他低垂的頭蓋，勸他別要勉強。然而巴治奧為了贖罪，4 年來不惜自貶身價，到弱隊中爭取正選，為的不就是這一刻？

5　巴喬 (2001: 30)（原著為意大利文，巴喬即巴治奧）

　　只見巴治奧雙手把皮球放在罰球點上，哨子聲後，他吸口氣，一對招子不避忌地瞄了球門一眼，胸膛起伏間以不疾不徐的步伐，上前一掃，射向守門員右下角。守門員雖然猜對方向，然而由於來球角度刁鑽，鞭長莫及，皮球在他着地前已應聲破網。

　　「意」人做回自己後，一氣呵成地完成自我的救贖。

互射 12 碼決勝的嗆咳和救贖（1982-2014）

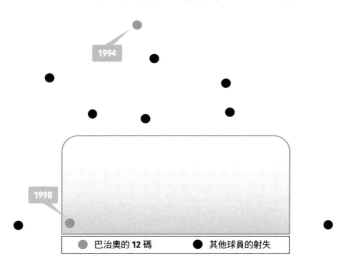

來源：BBC (1 July 2018)，經作者整理和創作

煉成心理表徵
瞬間破敵

　　紅魔鬼 1999 年的三冠王和 2008 年的歐聯冠軍相隔近十年，當中只有三數個球員能熬下來，其中較令人意外的，是右後衛加利・尼維利（Gary Neville）。尼維利的刻意練習，「意」多於「刻」，後來還傳授給韋恩・朗尼（Wayne Rooney），讓他成就大業。

　　尼維利的天賦在一線球員之中，可能是最弱的，看他帶球跑動，真要提前吃鎮靜劑。但他卻是曼聯著名的「92年班」核心成員、99 年決賽的正選右閘和國家隊史上上陣次數最多的右後衛。他憑的是什麼？將勤補拙？這倒不出奇，奇在他的自傳中，卻提到在刻苦練習外的一件事——出恭！

⚽ 意象模擬對敵之法

原來尼維利每次大戰前，一定會蹲在馬桶上好一陣子。當隊友在放鬆時，他會在這個私人時間裏，「意象模擬」（Visualize）他的敵人，想像對手的身法和動作，模擬碰面交鋒的場面。[1]

高手腦海裏的心理表徵圖

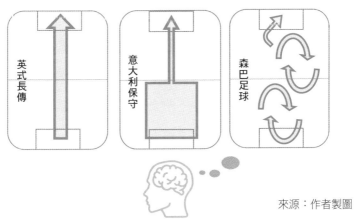

英式長傳　意大利保守　森巴足球

來源：作者製圖

而尼維利的這個法寶（指意模，不是上廁所），後來還傳給師弟朗尼。朗尼是在 2004 年嶄露頭角後，馬上被紅魔領隊費格遜以破紀錄的轉會費收到麾下，他在紅魔的 13 個年頭，上陣 559 次射入 253 球，成為球會史上入球之王。當朗尼在自傳中提到如何提升自己的作戰成績時，不經意漏出尼維利的這一招。[2]

1　Neville (2012:101)

2　朗尼在自傳中談及賽前的準備時，反覆用「意象模擬」的用語：visualize、see、eye、mind、mental、anticipate 和 head。(Rooney, 2012:84-86)

其實，幾乎在所有的領域裏，專家之所以是專家，是因為專家可以在紛亂的現象、數據、關係或型態中，「看」見別人看不到的東西。一般人看到的是會吃人的陰森樹林，超級巨星看到的，卻是脈絡清晰的綠野仙蹤。

艾瑞克森在「刻意練習」中特別提到，優秀的運動員、頂尖的國棋手、出色的倫敦的士司機、華佗般的外科聖手，和創意無限的程式設計師等，他／她們比賽的不是視力，而是「看見」與看而不見，分別是在於超級巨星在內心世界中，早就複印了一張張的圖片和型態。他們把刻苦練習和激烈作戰的片段、影像、意念、訊息，不管是抽象的還是具體的，深深的刻在腦海裏，成為「心理表徵」（Mental Representation）。

⚽ 反覆刻存成心理表徵

就像電腦記憶體的分工一樣，心理表徵的反覆刻存，把腦海裏點滴的練習和對抗的片段，由我們那像電腦記憶體 RAM 一樣的短暫記憶體（Short Term Memory），移至像高速內存硬盤 SSD、亦即是長期工作記憶體（Long Term Working Memory）之中。而由於心理表徵已把這些經處理過的訊息

3　Ericsson & Pool (2016: Ch 3) 對心理表徵有詳細的介紹；Montero (2016) 也有類似但不完全一致的論述。以 RAM 和 SSD 作比喻，參考陽志平（2019）。占飛還有一些有趣的例子（占飛，2020 年 7 月 7 日）。

圖像，用獨特的線路連接起來，化成自己獨有的模擬和記憶，它就像 SSD 一樣，在儲存大量內容的情況下，卻又能快速地繞過性能和容量都有諸多限制的短暫記憶體，從而使「用家」在遇到別人認為是紊亂的景象時，專家卻可以比對海量的內存和模擬，從中識別和解讀眼前的現象，從容地給出看似是眨眼間的自然反應。[3]

朗尼和尼維利，一個是前鋒，後來也兼職中場，一個是後衛，卻都是使用心理表徵的佼佼者。朗尼與 C 朗拿度 / 美斯同期上位，成就雖然不及二者，但他在足球場上是一位「天然」的射手，閱讀賽事的能力極強，是少數能綜覽全局的球員。在他職業生涯晚期一場美職足聯上，還有一記半場前超遠距離、第一時間「窩利」的「笠」射入球，可見他的視野是何等的遼闊，預先「看見」別人看不到的。

高手從紊亂中瞬間抓到破敵之策，關鍵之一就是他 / 她們在腦海裏，常有心理表徵；[4] 表面上的舉重若輕，其實經過千錘百煉；不只是血汗交加的苦練成果，還是絞盡腦汁的意念結晶。

4　這裏講心理表徵、意象模擬等，與前章的分析癱瘓和臨場嗆咳雖然都是在講「意」，但略有分別：心理表徵大致上是指對大局、互動、對抗的綜合思路模擬，是拿我們腦海深層儲存的印象來用；分析癱瘓是指臨場對細微的動作、位置、演講時標點符號的重新計算。

「如果唔係」想像是最高境界？

心意，是主宰成敗的關鍵，當中的一種「反事實」的特殊意識，是因果階梯中的最高級別。

電影《解碼遊戲》（*The Imitation Game*），講述現代人工智能（AI）之父、英國人阿倫・圖靈（Alan Turing）如何破解納粹德軍的傳輸密碼。AI之父指人類的優勢，是我們可以「想像」。所謂「想」，不是隨心所欲的想，而是一種基於現實的反面想像，英文為「Counterfactuals」，中文是「反事實」，草根點說即「如果唔係」。被認為是電腦科學界諾貝爾獎的「圖靈獎」得主朱迪亞・珀爾（Judea Pearl），形容由圖靈所開啟的「因果革命」，便是建立在反面想像之上。掌門人珀爾說「反事實是因果關係階梯之頂⋯⋯它是人類意識進化的關鍵。」

⚽ 圖靈掌門人的因果革命

在《因果革命：人工智慧的大未來》（*The Book of Why*：*The New Science of Cause and Effect*）中，[1] 珀爾列出因果關係的三層階梯，第一層是相關（Correlation），第二層是干預（Intervention），這都比較正常，然而，更上一層樓的，就是反事實，也就是我們憑着那個天生複雜無比，卻又是創意無限的腦袋，常常可以跳出現實，對一切已發生的「X → Y」，以「假的如果」的方式，重新演繹一次；不是簡單的回帶重播，而是在腦海裏「做了手腳」，把焦點從 X 到底是 0 還是 1，統統放在一邊，然後像另闢天地般把心眼轉移到另一個視角之中，想像「假如……那麼……」（What if），一個沒有發生過、與現實恰恰相反的另類世界。[2]

想識別反事實，請大家戴上福爾摩斯的眼鏡，想像一下「疑犯（數據）沒有說的話」。全球最高身價的足球員和世界足球先生多是神射手或中場指揮官，因為這些球員的作用，直接顯示在球迷和班主的眼前，一個神勇的入球和致命的長傳，賞心樂事，令人讚嘆，更重要的是，入球是記在積

1　Judea Pearl (2018)

2　不是所有的「假如」都是有用的想像，如「早知六合彩號碼」等便不合乎階梯前面兩層的基礎規律，也許只能叫作「狂想」或「幻想」。這等幻想常在我心間，是我們的心靈慰藉，但卻不是我們成為超級巨星所需要的反面想像。

分板上的，是歷史數據。這符合因果階梯上的前兩層，入球
與成績相關，出錢買前鋒是積極的干預。

　　可是，當我們用反面想像的角度思考的話，就會有意
想不到的發現。比賽的勝負，是入球的較量，但也是「不失
球」的對決。積分板上顯示的得球，只是一部分，雖然很重
要，但卻也遺漏了數據的另一端。[3] 反事實就是要我們想像
一下，積分板上沒有說出來的故事。

疑犯沒有說的話

疑犯：「因為 X，所以 Y。」

福：「假如沒有 X，會否仍然 Y ？」

來源：作者製圖

⚽ 反事實智慧解讀「無招勝有招」

　　保羅 · 馬甸尼（Paolo Maldini）是文質彬彬的左後衛，
被譽為意大利國家隊和班霸 AC 米蘭的代言人之一，但其出

3　今日的大數據是會記錄守衛的步哩、攔截、搶截和對抗等數字，但有數據
　　不等如有視角 / 想像力。

奇之處，是他「無招勝有招」。紅魔鬼領隊費格遜，是馬甸尼的粉絲，費雖然多次被馬在陣的 AC 打敗，但卻仍掩不住對馬的讚譽：「我看過他與拜仁的對賽，整整 90 分鐘，沒有做出過一記攔截，這才叫藝術境界！」費指小馬哥跑動不多，不經常攔截；但他有很好的觸覺視野，提前把前鋒的路封死，不用出腳便化解了攻勢。注意，費沒有說馬攔截準繩，他觀察到的是更高階的因果關係，是數據無法記錄下來的反事實，是結合了現實世界中各人的跑動和位置，以及想像世界中沒有馬的話，AC 將可能給拜仁有機可乘的反事實，要靠經驗智慧來解讀。馬和費的心目中，應該都有一幅幅特別的「心理表徵圖」，圖裏有許多「假如」，以至馬的名言是：「假如我要出腳，那麼我就已經輸了！」[4]

NBA 外號蝙蝠俠的沙恩 · 比堤亞（Shane Battier），是侯斯頓火箭、邁亞密熱火的防守球員，他的本領是無聲無息的，在電視畫面中和個人數據上不留痕迹地把像高比 · 拜仁這些名氣比他大十倍的球員「釘死」。可是，一般人看到的，是一個運球呆滯和少有搶得籃板球的普通球員，卻不知道只要他在陣，球隊便輸少贏多，他是「數據無痕的巨星」。[5]

4　The Mirror (22 October 2013)，Maldini (n.d.)

5　Lewis (2009) 指「the No-Stats All-Star」、Barabási (2018: 143-4)

後衛龍門
身價飛升之謎

　　常人如果「看到」Y（結果），要找原因，通常會從看得見、有發生的事（人）中，尋找 X（因子）；從沒有發生的事（人）中找因子，是一種知易行難的逆向思維，而這也就反映了卡尼曼說的「眼見即為事件全貌」（What you see is all there is）的偏見。[1] 所以前鋒以天價成交很普遍，世界足球先生是中前場球員的天下也似乎合理。然而，近年的新思維，卻有助後防大將在身價上追貼前鋒。

　　要學福爾摩斯偵破「疑犯沒有說的話」的確很困難，反事實除了在個別事件（球員）身上難以被識別之外（上篇），另一個盲點，是在總體上同樣不容易被辨認出來。利物浦成王稱霸，分析容易會說是有錢、有德國的戰術大

1　Kahneman (2011:85)。卡尼曼認為「What you see is all there is」的偏見是系統 1 的一大弱點。但是，只以「看得見摸得着」為實、忘記反事實的思考方法，在慢想的系統 2 也同樣會遇到。我們有時很容易就有「類」反事實的想像（早知六合彩號碼），有時（甚至長時期）又把它忘記掉，是大師們努力要解決的問題。

師，或有「埃及美斯」在陣，這都是「眼見為實」的思維；
要到冷門李斯特城意外奪標，人們才會反過來想是否強隊沒
有做好，但這樣只是隨意式的反面想像。

　　更積極的一步，是我們以反面想像出來的東西，把
「潛在的結果」[2]量化和形象化，讓用家可以像朗尼和尼維
利在私人時間裏用心理表徵圖來反覆視像的話，效果就會更
為顯著。讓我們看看下圖。[3]

得分比：保清白 vs 射入球

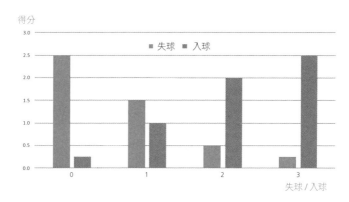

來源：Anderson & Sally (2013)，經作者調整及取整數值

2　Potential outcome models 是一個統稱，是多個統計學、計量學、經濟學、
　　數學、電腦工程學和人工智能學的專家，自 1970 年來的集體創作的成果。
　　代表人物除了珀爾外，還包括 Donald Rubin 和 James Heckman（後者是諾
　　貝爾經濟學人）。(Morgan & Winship. 2015)

3　Anderson & Sally (2013:126-131)

這圖把平時沒有出現的反事實，即拗口的「沒有被射入的皮球」，聰明地顯示出來。數據以 2001/02 至 2010/11 十個英超球季的入／失球和分數，作統計研究。特別之處，是研究員把常見的「得失球率」——入球和失球的比較，丟進垃圾桶。取而代之的，是找出「清白之身」（Clean Sheet）時球隊的得分：打和有 1 分、打贏得 3 分。以清白的得分來跟入球的得分比較，後者是球隊在比賽有入球時取得的分數，當然，有入球不一定會贏，得分可以是 0（敗）、1（和）或 3（勝）。

用相關性一拉出來後，這研究發現，射入 1 個入球時球隊平均搶得 1 分，「眼見即為事件全貌」，這也就是前鋒為何值錢的理由。可是，逆向思維下反面想像的結果是，第一，能保住「清白之身」的比賽，球隊平均取得 2.5 分，是入一球的 2.5 倍！第二，就算不完全的清白，只失一球時，仍然搶得 1.5 分，比射入一球時的得分仍要高出 50%。第三，換個角度問，球隊要射入多少個入球方可以取得上述的 2.5 分？答案是要射入 3 球！

沒有入網的皮球，原來比從網窩裏撿出來的皮球更有價值——這是否有點違反直覺？用反事實這種逆向思維作為投資的策略，也許是近年守衛和龍門身價飛升的動力之一，荷蘭雲迪克（Virgil van Dijk）、英格蘭麥佳亞（Harry

Maguire)、法國盧卡斯靴南迪斯(Lucas Hernandez)和西班牙艾利沙巴拿加(Kepa Arrizabalaga)等後防大將或龍門(後者),身價應該不是隨便喊出來的![4]

眼見到的,只應是事實的一部分;社會經濟現象裏許多隱蔽的秘密,是要我們用經驗和想像、逆向思維才可以偵測到的。

行文至此,或可為本部分的方程式「巨星 = 運氣 + 技藝」作個小結:

$$\infty = \sigma + \sum (x+y \cdots \pi)$$

∞ 是數學中用來代表「無限大(infinity)」的符號,代表成就的無限

σ 在數理和統計圈內向來代表波動性,有不可預測之意,正好代表運氣

$\sum$ 是加總,技藝項有各種元素,天賦(x)、刻意練習(y)等,而最特別的是 π。

π(或 Pi),是我們從小便學到的圓周率,它特別在小數點後是無窮無盡的。這裏用來代表心意的力量:雖然心想不一定事成(π 不會大過 3.15),但只要願意多想一步,尤其是反面地想,在小點後我們永遠可再接再厲、沒有盡頭。

4　執筆之際,Goal.com 全球身價 20 強之中,含這 4 名非中前場的球員。

只要頂硬上
絕處或逢生

2012 年英國心臟病基金會拍了個拯救突發心臟病的廣告，主角是外號「瘋狂匪幫」、英格蘭足總盃 1988 年盟主溫布頓的名將雲尼・鍾斯（Vinnie Jones）。[1] 外表兇悍，打法勇猛的鍾斯，退役後憑其「口碑」獲電影人賞識，在多套黑幫電影裏開展第二春。而廣告的配樂是把 70 年代的士高熱潮推上頂峰的 *Stayin' Alive*，此曲經典之處，是那令到就算是 50 年後的廣告商也會脈膊跳動的節奏。

樂隊 Bee Gees 後來解釋歌曲的社會性時説道：「這是關於在紐約大道上弱肉強食和適者生存的故事！」[2]

"...I've been kicked around since I was born...the New York times' effect on man, whether you're a brother or whether you're a mother...feel the city breakin' and everybody shakin'..."

其實每個年代都有成王敗寇的故事，我們身處的 Z 世代不是唯一一個要挑戰命運（運氣）的時代。但我們這個年

代，卻是行為科學大舉殺入生活的年代，是行為改造和人工智能首度大規模結合、波譎雲詭的時代。

輾轉多年，我們不錯對感性和理性，對直覺和計算（系統 1 和 2），總算有了多元的認識，明白就算是理性人也有主（偏）見，像足球班主天價搶人這些傾向是永不改變，而害怕失落和逃避痛楚的心事，常常會驅使我們應放手去盡時不放手、不應放鬆時卻又放鬆。人的行為既然有那麼多的落差，就算不能徹底鏟除，那總可以用 AI 來替代的吧？不然，是否可以想方設法，誘導和改變行為？由此，伴隨行為學水銀瀉地般滲入生活大小領域的，是機械人和程式的興起，而各品牌、網企和公共政策制定者現在都積極地從泰萊的「輕力推動」中取經。[3]

這也意味着，我們正身處大數據和演算法無孔不入的陰霾日子。當手機平板、社交通訊、觀點新聞和網購交易都揉在一起後，每個球迷（個體）都是商家品牌、社媒巨擘和躲在暗處的刺客可以單獨追擊的目標；以超級巨星和社交平台作為招徠的演算法，令巨星的成就如虎添翼，而「我們」作為巨星成就的另一端，彷彿失去了裁判官的身分，只剩下消費者這個被導向和被引流的角色。行為科學和演算法雙翼齊飛的威力，不容忽視。[4]

尚幸，「幸福不是必然的」這句話，對輸家而言是老師的紅筆批註，對贏家卻也是方丈的當頭棒喝。在巨星

方程式的視角下，既然機遇是未知數，那麼「均值迴歸」（Regression to the Mean）就是常態，射手的運氣總有一天會用完。不信？看看 70、80 年代在英格蘭和歐洲雄霸多時的利物浦，自 1990 年聯賽錦標後，等足 30 年，到 2019-20 賽季才再度捧盃；90 至千禧年代聲勢浩蕩的紅魔鬼，創造多次三連霸，但自傳奇領隊退休後，判若兩隊，多次被擠出前列。折射在社會經濟現象上，精英群的優越性愈來愈被質疑，「英才」也許只是選秀會裏幸運的贏家，現常與「濫權暴君」被放在同一個框架中看待。[5]

最後，「我們」這幫多重身分的人是歇斯底里的球迷，也是巨星的下定義者；是球會忠實的守護人，也是俱樂部要生存的盈利來源。歌詞中平凡的小弟大媽，原來可以是紐約大道上的倖存者。「我們」的幸福不是必然地多，也不是絕對地少；技藝會每天愛「我」多一些，跨能「⊥」型是持久戰的工具，而終生交友才是真正的不動產。

要學巨星，不應只學他們的手作藝，還要學意念和想像力。反面想像是人工智能的盲點（至少現在是），黑天鵝的作者沒有騙我們，近 20 年跟從冪律分佈而爆出來的極端值事件一個不少。我們在日常生活的得失中，可多以反事實來窺探本來能出現而沒有出現的歷史事件[6]，規避黑天鵝一旦出現就「一鋪清袋」；更積極一步是學會從敵人身上留下來，但「不會自己說話」的線索中，偵出取分最多的是沒有入網的皮球，探出「悶聲發大財」的路子。

只要頂硬上，絕處也許會逢生。

"...life goin' nowhere, (but) somebody help me...I get low
(but) I get high...Ah, ha, ha, ha, I'm stayin' alive."

1　Youtube.com: "Vinnie-Jones-hard-and-fast-Hands-only-CPR"

2　Eames (18 September 2019)

3　泰萊另一名作 *Nudge*（草譯：《輕力推助》），講利用行為學的發現，善
意和照顧地建議以微不顯著的方法，改造消費者／納稅人／投票人的行為。
Sunstein & Thaler (2009)

4　以吹哨人（舉報者）身分揭露劍橋分析操縱美英兩國選票為題的 *Mindf*ck:
Cambridge Analytica*（草譯：《劍橋分析的精神強暴》），戳破這家由美國
投資家和政客打本、英國富二代操盤的數據「爬」手和演算法高手，為了
合理化其利用 facebook 的用戶數據，就是以卡尼曼對「快思／系統 1」的
研究作為「知識體系的基礎」（Intellectual Foundation）之一。Wylie (2019)

5　哈佛教授 Michael Sandel 新作 *The Tyranny of Merit*（草譯：《英才的暴政》），
以哲學角度闡釋我們書中提到選秀賽的寓意。Sandel (2020)

6　《黑天鵝效應》的作者 Taleb 稱反事實為「另類歷史」（Alternative
Histories）。Taleb (2004:22-27)

參考資料

大江健三郎著，趙雙鈺譯 (1967/2009)：《萬延元年的足球》，吉林大學出版社。

大江健三郎著，王成譯 (1998/2019)：《我的小説家修煉法》，中央編譯出版社。

大江健三郎著，許金龍譯 (2007/2019)：《讀書人》，貴州人民出版社。

大江健三郎口述，許金龍譯 (2007/2019)：《大江健三郎口述自傳》，貴州人民出版社。

占飛 (2020 年 7 月 7 日)：〈「無思無想」高手過招〉，信報。

艾雲豪著 (2016)：《誰偷走了紅魔》，非凡出版。

艾雲豪 (2017 年 3 月 17 日)：〈變身畢非德的代價〉，信報。

艾雲豪 (2017 年 11 月 10 日)：〈大班解構英超如何橫空出世〉，足球周刊 (香港版)，90 期。

艾雲豪 (2017 年 11 月 30 日)：〈天空的聲音〉，master-insight.com

李開復 (2015 年 8 月 4 日)：〈創業中的冪定律〉，huxin.com

車品覺 (2020 年 10 月 8 日)：〈網絡世界加速集體力量〉，信報。

彼德・漢德克著，張世勝等譯 (1970/2013)：《守門員面對罰點球時的焦慮》，上海人民出版社。

高天佑 (2020 年 1 月 29 日)：〈高比・投資・原子習慣〉，信報。

莫逸風和黃海榮著 (2018)：《香港足球誌》，非凡出版。

梁文道 (2006 年 7 月 9 日)：〈守門員的思考〉，梁文道文集，www.commentshk.com

張五常著 (2010)：《新賣桔者言》，花千樹出版社。

陽志平著 (2019)：《人生模式》，電子工業出版社。

魯維奧和莫拉著，孟鼎博和汪俊成譯 (2017)：《門德斯傳：世界上最好的生意人》，台海出版社。

韓其恒著 (2017 年 11 月)：《金融博弈論講義》，上海財經大學。

謝識予著 (2017)：《經濟博弈論》，上海復旦大學出版社，第 4 版。

羅伯特・巴喬著，劉月樵・劉儒庭譯 (2002/2003)：《天上的門：巴喬自傳》，譯林出版社。

* 艾雲豪另外有多篇在灼見名家、足球周刊 (香港版)、信報和球迷世界上發表的文章，當中有些文章經修定後，成為本書的部分內容，由於版面有限，不贅。

Adame, Tony. & Tahara, Derek. (10 September 2020) "Best Free-Throw Shooters in NBA History." (stadiumtalk.com)

Anderson, Chris. & Sally, David. (2014) The Numbers Game: Why Everything You Know About Football is Wrong. Penguin Books Ltd.

Arrondel, Luc., Duhautois, Richard., & Laslier, Jean-Francois. (2019) "Decision Under Psychological Pressure: The Shooter's Anxiety At The Penalty Kick." Journal of Economic Psychology, 70, 22-35.

Banerjee, Abhijit. & Duflo, Esther. (2011) Poor Economics: A Radical Rethinking of the Way to Fight Global Poverty. New York, NY: Public Affairs.

Banerjee, Abhijit. & Duflo, Esther. (2019) Good Economics for Hard Times: Better Answers to Our Biggest Problems. Penguin Books.

Barabási, Albert-László. (2018) The Formula: The Universial Laws of Success. Little, Brown and Company.

BBC (25 November 2005) "Was George the Best" (bbc.com)

BBC (1 July 2018) "World Cup 2018: Everything You Need To Know About Penalty" (bbc.com)

Beilock, Sian. (2011) Choke: The Secret to Performing Under Pressure. London: Constable.

Besters, Lucas M., van Ours, Jan C., & van Tuijl, Martin A. (2019) "How Outcome Uncertainty, Loss Aversion And Tam Quality Affect Stadium Attendance In Ductch Professional Football." Journal of Economic Psychology, 72, 117-127.

Bleacher Report (20 August 2009) "Pele good, Maradona great, George Best" (bleacherreport.com)

Bloomberg (11 February 2014) "Real Madrid, Barcelona Will have TV Revenue Limited by Law". (bloomberg.com)

Bolt, J., De Jong, H., Inklaar, R., & Van Zanden, J. (2018). "Rebasing 'Maddison': New income comparisons and the shape of long-run economic development." IDEAS Working Paper Series from RePEc, IDEAS Working Paper Series from RePEc, 2018.

Brakman, Steven. & Garretsen, Harry. (January 2009) "Trade and Geography: Paul Krugman and the 2008 Nobel Prize in Economics." CESINFO Working Paper No. 2528.

Carmichael, Fiona (2005) A Guide to Game Theory. Prentice Hall.

CFA Institute. (May 2019) "Investment Professional of the Future" in Future of Finance by CFA Institute, Charlottesville, Virginia, United States.

Chernow, Ron. (1990). The House of Morgan: An American Banking Dynasty And The Rise Of Modern Finance. New York: Atlantic Monthly Press.

Clear, James. (2018) Atomic Habits: An Easy & Proven Way to Build Good Habits & Break Bad Ones. UK: Penguin Random House.

Clear, James. (n.d.) "Lessons on Success and Deliberate Practice from Mozart, Picasso, and Kobe Bryant." (jamesclear.com/deliberate-practice)

Deloitte. (March 2017) "Sports Tech Innovation in the Start-up Nation" Brightman Almagor Zohar & Co. and Deloitte Touche Tohmatsu Limited. (deloitte.co.il)

Dixit, Avinash K. and Nalebuff, Barry J. (2008) The Art of Strategy: A Game Theorist's Guide to Success in Business and Life. W.W. Norton & Company.

Eames, Tom (18 September 2019) "The Story of Stayin Alive by the Bee Gees" (smoothradio.com)

Easley, D., & Kleinberg, J. (2010). Networks, Crowds, And Markets: Reasoning About A Highly Connected World. Cambridge: Cambridge University Press.

參考資料

The Economist (20 August 2016) "Game theory: Prison breakthrough, the fifth of our series on seminal economic ideas looks at the Nash Equilibrium." (economist.com)

The Economist (18 January 2018) "A weak market for football rights suggests a lower value for sport" (economist.com)

The Economist (22 June 2019) "Rockonomics, by Alan Krueger" (economist.com)

The Economic Times|Panache (24 October 2019) "Nobel laureate Abhijit Banerjee gets life membership of Mohun Bagan Athletic Club" (economictimes.indiatimes.com)

Edwards, Martin. (2017) Red Glory: Manchester United and Me. Michael O' Mara Books Limited.

Epstein, David. (2019) Range: How Generalists Triumph in a Specialized World. London: Macmillan.

Epstein, David. (16 September 2020) "Never Stop Learning", presentation made and summarized for CITIC CLSA's Investors Forum.

Ericsson, Anders & Pool, Robert. (2016) Peak: Secrets from the New Science of Expertise. Boston: Houghton Mifflin Harcourt.

Evens, Tom., Iosifidis, Petros. and Smith, Paul. (2013) The Political Economy of Television Sports Rights. Palgrave Global Media Policy and Business.

Forbes, (5 December 2015) "$1.6B Worth of TV Deals Good News for Real Madrid, Barcelona and La Liga." (forbes.com)

FourFourTwo, (April 2019) "101 Greatest Players of our Lifetime". Issue 300: 25th Anniversary Special. Future PLC.

Fraiberger, Samuel., Sinatra, Roberta., Resch, Magnus., Riedl, Christoph., & Barabási, Albert-László. (16 November 2018) "Quantifying Reputation and Success in Art" Science 362, 825-829.

Frank, Robert (2017) Success and Luck: Good Fortune and the Myth of Meritocracy. New Jersey: Princeton University Press.

Garcia, Borja., Palomar Olmeda, Alberto., and Perez Gonzalez, Carmen (2010) "Spain: Parochialism Or Innovation?" Conference paper prepared for UACES 40th Annual Conference, Bruges, 6-8 September 2010.

Geey, Daniel (April 2015) "What The New Domestic Premier League Broadcasting Rights Windfall Means For Stakeholders" UCFB Journal of Sport Business, April 2015.

Geey, Daniel. (2019) Done Deal: An Insider's Guide to Football Contracts, Multi-Million Pound Transfers and Premier League Big Business. Bloomsbury Sport.

The George Best Hotel (20 October 2018) " 'El Beatle' –How George Best Became Known as the Fifth Beatle" (georgebesthotel.com)

Gladwell, Malcolm. (2008) Outliners: Story of Success. Penguin Books.

Gordon, Daniel. (2017) George Best: All by Himself. DVD. Passion Picture.

Gratton, Lynda. & Scott, Andrew. (2016) The 100-Year Life: Living and Working in an Age of Longevity. Bloomsbury.

Griffin, Tren. (2015) Charlie Munger: the Complete Investor. Columbia Business School Publishing.

The Guardian (11 April 2013) "La Liga seeks collective TV rights deal to close gap on Premier League". (guardian.com)

Handke, Peter. (1972) The Goalie's Anxiety at the Penalty Kick (M. Roloff, Trans) New York: Farrar, Straus and Giroux. (Die Angst des Tormanns beim Elfmeter, 1970)

Handke, Peter & Wenders, Wim. (1971) The Goalie's Anxiety at the Penalty Kick. SKY Gigi Entertainment. DVD.

Harris, Wes. (03 December 2013) "Real Madrid, Barcelona Fined for TV Broadcasting Rights Deals". (businessofsoccer.com)

Huntington, Samuel. (1997). The Clash Of Civilizations And The Remaking Of World Order. New York: Touchstone.

The Independent (27 May 2018) "Pelé has been voted the greatest footballer of all time Brazilian star beats out Diego Maradona, Lionel Messi and Cristiano Ronaldo to top spot." (independent.co.uk)

Johnson, Chalmers. (1982). MITI And The Japanese Miracle: The Growth Of Industrial Policy, 1925-1975. Stanford, Calif.: Stanford University Press.

Kahneman, Daniel. (2011) Thinking, Fast and Slow. London: Random House.

Kahneman, Daniel. & Tversky, Amos. (1979) "Prospect Theory: An Analysis Of Decision Under Risk." Econometrica, 47, 263-291.

Krist, William. (2013) "Chapter 3: Trade Agreements and Economic Theory." in Globalization and American's Trade Agreements. Woodrow Wilson Center Press with Johns Hopkins University Press.

Krueger, Alan. (2019) Rockonomics: What the Music Industry Can Teach us About Economics (and Our Future). London: John Murray (Publishers).

Krugman, Paul., Obstfeld, Maurice., & Melitz, Marc J. (2018) International Economics: Theory and Practice. UK: Pearson.

Kuper, Simon. and Szymanski, Stefan. (2018) Soccernomics. Nation Books.

Levitt, Steven D. and Dubner, Stephen. (2005) Freakonomics. William Morrow.

Lewis, Michael. (13 February 2009) "The No-Stats All-Star." The New York Times Magazine (nytimes.com)

Lewis, Michael. (2016) The Undoing Project: A Friendship That Changed Our Minds. New York: W. W. Norton & Company.

Macfarlane, Alan. (2018). China, Japan, Europe And The Anglo-Sphere, A Comparative Analysis. Great Britain: Cam Rivers Publishing Limited.

Maldini, Paolo. (n.d.) "Paolo Maldini Quotes" (azquotes.com)

Massey, Cade. & Thaler, Richard. (2013) "The Loser's Curse: Decision Making and Market Efficiency in the National Football League Draft." Management Science 59(7): 1479-95.

參考資料

Mauboussin, Michel. J. (2012). The Success Equation. Massachusetts: Harvard Business Press.

McCain, Roger A. (2009) Game Theory and Public Policy. Edward Elgar, UK.

McCain, Roger A. (2014) Game Theory: A Nontechnical Introduction to the Analysis of Strategy (3rd Edition). World Scientific.

Memert, Daniel. & Noël, Bejamin. (2020) The Penalty Kick: The Psychology of Success. Meyer & Meyer Sport.

The Mirror (22 October 2013) "Alex Ferguson: I tried to sign Paolo Maldini for Man United but he turned us down" (mirror.co.uk)

Montero, Barabra Gail. (2016) Thought in Action: Expertise and the Conscious Mind. Oxford University Press.

Morgan, Stephen L., & Winship, Christopher. (2015) Counterfactuals And Causal Inference: Methods And Principles For Social Research. Cambridge Univesity Press.

Neville, Gary. (2011) Red: My Autobiography. Corgi Books.

Oe, Kenzaburo. (1988) The Silent Cry. (Bester, John. Trans) New York: Kodansha International.

Palacios-Huerta, Ignacio. (2014) Beautiful Game Theory. Princeton Unversity Press.

Pearl, Judea. & Mackenzie, Dana. (2018) The Book of Why. Penguin Books.

Petrosoniak, Andrew., Lu, Marissa., Hicks, Christopher., Sherbino, Jonathan., McGowan, Melissa., and Moneiro, Sandra. (2019) "Perfecting Practice: A Protocal For Assessing Simulation-Based Mastery Learning And Deliberate Practice Versus Self-Guided Practice For Bougie-Assisted Cricothyroidotomy Performance" BMC Medical Education, 19:100, 1537-7.

Pluchino, Alessandro., Biondo, Alessio Emanuele., & Rapisarda, Andrea. (2018) "Talent Versus Luck: The Role of Randomness in Success and Failure." Advances in Complex Systems. Vol. 21, Nos. 3 & 4 (2018) 185004 (31 pages)

Pope, Devin. & Schweitzer, Maurice. (February 2011) "Is Tiger Woods Loss Averse? Persistent Bias in the Face of Experience, Competition and High Stakes." American Economic Review, 101, 129-157.

Pyle, Kenneth. (2018) Japan In The American Century. Cambridge, Massachusetts: The Belknap Press of Harvard University Press.

Riedl, D., Heuer, A., & Strauss, B. (2015). "Why The Three-Point Rule Failed To Sufficiently Reduce The Number Of Draws In Soccer: An Application Of Prospect Theory." Journal of Sport and Exercise Psychology, 37(3), 316-326.

Rooney, Wayne. (2012) Wayne Rooney: My Decade in the Premier League. HarperSport.

Rosen, Sherwin. (1981) "The Economics of Superstars." American Economic Review, Vol. 71, No. 5. Pp. 845-858.

Rosen, Sherwin. & Sanderson, Allen. (2001) "Labour Marekts in Professional Sports." The Economic Journal, Vol. 111, No. 469, pp. F47-F68.

Royal Swedish Academy of Sciences (13 October 2008) "Trade and Geography – Economies of Scale, Differentiated Products and Transport Costs." Kungl. Vetenskapsakademien, Sweden.

Royal Swedish Academy of Sciences (14 October 2019) "Understanding Development and Poverty Alleviation" Kungl. Vetenskapsakademien, Sweden.

Sandel, Michael. (2020) The Tyranny of Merit. Farrar, Straus and Girous.

Schmidt, Eric., Rosenberg, Jonathan., & Eagle, Alan. (2019) Trillion Dollar Coach: The Leadership Handbook of Silicon Valley's Bill Campbell. London: John Murray.

The South China Morning Post (27 November 2005) "My Hong Kong Nights with teetotal George." (scmp.com)

Sporting Intelligence (December 2019) Global Sports Salaries Survey 2019. Sportingintelligence.com.

Swiss Ramble (21 June 2011) "Real Madrid and Financial Fair Play" (swissramble.blogspot.hk/)

Sunstein, Cass. & Thaler, Richard. (2009) Nudge: Improving Decisions About Health, Wealth, and Happiness. Penguin Books.

Taleb, Nassim Nicholas. (2004) Fooled by Randomness: The Hidden Role of Chance in Life and in the Markets. London: Penguin Group.

Taleb, Nassim Nicholas. (2007) The Black Swan: The Impact of the Highly Improbable. London: Penguin Group.

Tetlock, Philip. & Gardner, Dan. (2015) Superforecasting: The Art and Science of Prediction. New York: Crown Publishers.

Thaler, Richard. (2015) Misbehaving: The Making of Behavioral Economics. New York: W.W. Norton & Company.

Thiel, Peter., & Masters, B G. (2014) Zero To One: Notes On Startups, Or How To Build The Future (First ed.). New York: Crown Business.

Toffler, Alvin. (1981) The Third Wave. New York: Bantam Books.

Tsai, Claire I, Klayman, Joshua, & Hastie, Reid. (2008). "Effects of amount of information on judgment accuracy and confidence." Organizational Behavior and Human Decision Processes, 107(2), 97-105.

Vogel, Ezra. (1979) Japan As Number One: Lessons For America. Cambridge, Mass.: Harvard University Press.

Vogel, Ezra. (2019) China and Japan: Facing History. Cambridge, Massachusetts: The Belknap Press of Harvard University Press.

Wilson, Jonathan. (2008) Inverting the Pyramind. Great Britain: Orion Books.

Wilson, Michiko. (1986) The Marginal World Of Oe Kenzabur: A Study In Themes And Techniques. Armonk, N.Y.: M.E. Sharpe.

Wylie, Christopher (2019) Mindf*ck: Cambridge Analytica and the Plot to Break America. Ramdom House.

索引

超級巨星經濟學

作者	艾雲豪
責任編輯	周詩韵　劉敬華
美術設計	簡雋盈
出版	明窗出版社
發行	明報出版社有限公司
	香港柴灣嘉業街 18 號
	明報工業中心 A 座 15 樓
電話	2595 3215
傳真	2898 2646
網址	http://books.mingpao.com/
電子郵箱	mpp@mingpao.com
版次	二〇二〇年十二月初版
	二〇二一年七月新修版
ISBN	978-988-8687-42-8
承印	美雅印刷製本有限公司